KB062085

나는 아무렇지도 않다

시작시인선 0369 나는 아무렇지도 않다

1판 1쇄 펴낸날 2021년 4월 10일
지은이 김나영
펴낸이 이재무
책임편집 박은정
편집디자인 민성돈, 장덕진
펴낸곳 (주)천년의시작
등록번호 제301-2012-033호
등록일자 2006년 1월 10일
주소 (03132) 서울시 종로구 삼일대로32길 36 운현신화타워 502호
전화 02-723-8668
팩스 02-723-8630
홈페이지 www.poempoem.com
이메일 poemsijak@hanmail.net

ISBN 978-89-6021-548-1 04810
       978-89-6021-069-1 04810(세트)

값 10,000원

나는 아무렇지도 않다

김나영

천년의시작

시인의 말

나는 내게 도착倒錯한다
밥집과 꽃집과 사람의 난간 안팎에 손을 대고
선택하고 생략하고 확대하고 변형해 보았다
써도 써도 하염없음과 허망함의 동선
나는 내게 도착到着하지 않는다

차 례

시인의 말

제1부

제1부

링

세상에서 가장 작은 링

나는 링 안팎에서 비틀거리는 외롭고 쓸쓸한 복서

땀과 눈물과 비난과 박수와 함성과 백색 공포가 들끓는

네 개의 모서리 안으로 헛꽃이 피고 지고 일그러진 나의
태양이 뜨고 지고 뜨고 지고

끝도 시작도 없는 카운트다운이 이명처럼 울리는 곳

죽어 가기 직전까지 피 묻은 펀치를 날려 보렴 그러면 꽃
이라도 흑흑 던져 주지

짓무른 눈빛 수천만 번의 스윙을 받아먹고 사는 곳

멀리서 보면 세상에서 가장 작은 관棺

시베리아 숲에서 온 사람

오늘 그의 날씨는 '전봇대 옆에 찌그러져 있음'이다 옷이 날개란 말은 대체로 낭설이거나 한 겹만 벗겨 내면 거짓말이다 코트만으로 그의 신분을 함부로 짐작하다가는 이 시의 주인공을 잘못 짚어 내기 십상이다

풍찬노숙의 나날이 지속될수록 짙은 재색으로 변하고 있는 그의 코트 안쪽에는 그가 이 거리에 처음 도착했을 때 입고 왔던 빛나는 질감의 옷감이 그의 신분을 간신히 뭉치고 있지만

아무도 찾는 사람이 없다, 아무도 눈여겨보는 사람이 없다, 는 것은 따뜻한 피를 나눠 마신 자들이 만든 이 거리의 쓸쓸하고도 흔해 빠진 문법 뼛속 깊이 차가운 피가 흐르는 그는 담담해야 할 테지만

그가 매일 아침 가장 먼저 하는 일은 전봇대에 몸을 기대고 오늘의 날씨에 주파수를 맞추는 일 귀환할 나라 귀환할 시기를 놓쳐 버린 그는 이제 뜨거운 피를 가진 종족의 피로 갈아입고 싶은 걸까

허연 입김 내뿜으며 그가 연명하고 있다 쇠할 대로 쇠한 그의 남루한 행색을 이제 아무도 거들떠보지 않는다 가끔 아이들의 짓궂은 발길질이 흘러내린 그의 눈썹을 깜박 되살리는 혹한의 나날들 얼마나 오래 주저앉아 있었는지 그의

관절은 거의 뭉개져 버렸다 사람이라는 처소에 세 들어 살다가 서서히 망가져 가는 그 모습이 귀환의 신호인지 소멸의 자세인지 알 수 없지만

춤처럼 환하게 와서 이 골목 저 골목을 무대로 사용하다가 이 눈치 저 눈치 살피며 서성대다가 관절이 서서히 꺾이는 하강의 시나리오 처음부터 잊히기 위해서 더럽혀지기 위해서 작정하고 온 운명 특별할 것도 비장할 것도 없이 이 거리의 사물이 되어 간다

알고 보면 우리 모두의 이야기 지극히 평범하고도 따분한 발에 밟히는 우리 모두의 역사 쳇, 그와 우리의 서사는 왜 이다지 똑, 맞아떨어지게 닮아 있담 하필 이다지도 추운 겨울에 도착해서 헐벗은 내 마음에 얼음 채찍을 갈겨대고

모르는 사람

그가 뒤통수를 내어 준다 나에게
나도 내 뒤통수를 깃털처럼 내어 준다 뒷사람에게
우리는 뒤통수를 얼굴로 사용하는 사이
무덤덤하게 본척만척

서정과 서사가 끼어들지 않아서 깔끔하지
서로 표정을 갈아 끼우지 않아도
평생을 함께하지 반복해서 노력하지 않아도
서로 가까이 다가가지 않을 권리를 위하여
버스를 타고 지하철을 타고 비행기를 타고 내릴 때
서로 헐렁헐렁한 고무줄 바지가 되지
어떤 좌석에 앉아서 굵고 짧은 잠에 빠져들 때
입을 벌리고 자도 보자마자 잊히니까
평화롭지 정면이나 측면이나 측백나무처럼
한결같지 동일하게 지루해도 숨통이 트이지

내 뒤통수와 모르는 사람의 뒤통수가
내 등뼈와 모르는 사람의 등뼈가
내 엉덩이와 모르는 사람의 엉덩이가 물컹하게 겹친 적 있다

>
몇 번을 앉았다 일어나도 뒤끝이 없지
포스트잇처럼

등을 깊게 파낸 원피스를 입은 여자가 총총 멀어져 간다

아는 사람

둥글게 모여 앉더군 옆구리가 물컹해지도록 뜨거운 농담을 탁구공처럼 주고받으며 즐거워하더군 그들 중 하나가 화장실 가서 팬티를 내릴 때 터진 입으로 그의 사생활을 빨갛게 벗겨 내리더군 인간이랍시고 더할 나위 없이 인간적으로 골고루 돌아가며 평등하게 일관된 덕목처럼 어떤 허물이 실뭉치처럼 함부로 부풀 때까지 지척에서 신물 나게 맛보고 즐기고 뜯더군 팔천구백칠십이만 칠천칠백이십팔 개의 내 털이 오싹해지도록 그가 돌아오는 순간 재빨리 바꿔치기하는 미소란, 내 매끄러운 허리도 저보다 유연하지는 못하지 안 그런 척 입을 씻고 돌아가며 화장실을 가고 너덜너덜한 귀를 1/N씩 나눠 갖더군 겉으로 끈끈한 듯 보여도 밀도 약한 박력분의 끈기처럼 저기 엉성하게 가담하고 있지 그 아버지의 아버지 때부터 쯧쯧 모르는 사람으로 돌아가기도 틀려먹은, 네 발로 태어나서 두 발밖에 사용할 줄 모르는 족속들 내가 선반 위에서 내리깔아 보고 있는 줄 모르는 뒤통수들 일찌감치 내가 집사로 부리길 잘한

뜨거운 운동장

그들이 팔짱을 끼고 어깨를 나란히 하고
운동장에 모였다 일심도 아니면서 동체도 아니면서
우연의 오른쪽 다리와
필연의 왼쪽 다리가 킥킥 하나로 묶여서 걷는다
미래에서 온 전언과 희망이라는 낡은 끈을 다리에 묶고서
수많은 발자국으로 얼룩진 뜨거운 운동장을 걷는다
전환점은 멀어 보여도
호흡은 맞지 않아도
보폭은 자꾸 어긋나도 킥킥
운동장에는 비가 오고 눈이 오고
꽃이 피고 천둥이 치고 번개가 치고
봄 여름 가을 겨울이 몇 번이나 지나가고
발목과 발목이 부딪혀 상처가 나고 땀이 나고
하얀 운동복은 드레스로 바뀌고 드레스가 너덜너덜해지고
턱시도는 유니폼으로 몇 번씩 갈아입으며 아등바등
걷는다 엉엉 울면서 걷는다 가슴을 치면서 걷는다
발목에 딸과 아들 늙은 부모와 늘어나는 빚을 달고
땀을 삐질삐질 흘리며 걷는다
가도 가도 점점 더 아득해지는 전환점
평생 발목 잡는 이 경기 누가 만들어 놓은 거지
이 트랙은 언제 끝나는 거지?

극

　남미 안데스산맥에 서식하는 칼렌드리라 꽃씨는 10년 동안 말라비틀어진 채 사막의 모래 속에 묻혀 있다가도 비가 한 번 내리면 일제히 피어나 사막을 온통 붉은 꽃으로 뒤덮는다

　중앙아프리카의 피필pipile족은 대지에 씨 뿌리기 전 40일 동안 아내와 별거하다가 씨 뿌리기 전날 밤 쌓인 격정을 한꺼번에 쏟아붓는다

　다마스쿠스와 페르시아 사람들은 피지 않은 장미꽃 봉오리를 단지에 넣어 정원에 묻어 둔다 특별한 행사가 있으면 파내어 요리에 쓴다 그때 접시 위에서 꽃이 피어난다

　바하마에서는 1년 중 단 하룻밤 셀레니세레우스 선인장의 꽃이 피어난다 진한 바닐라 향을 분출하며 밤새 생식 활동을 한 다음 아침이면 져 버린다

　시한부 삶을 선고받은 한 소녀가 죽기 하루 전 하얀 시트 위에 초경을 쏟아 내고 죽었다

아담의 굴레

여자의 치마 길이보다 더 아찔한 승객들의 시선이
어린 연인들을 꿀꺽꿀꺽 훔쳐본다
김이 무럭무럭 나도록 꼭 부둥켜안고 있는 그들은
누가 봐도 서툰 연애질을 막 시작한 청춘들이다
다른 사람의 눈에는 한 쌍의 바퀴벌레 같아 보여도
사람들에게 고스란히 들킬 수 있는 용기
저렇게 들켜야 저렇게 감출 수 없어야 진짜 연애다
누가 뭐래도 저 순간만큼은 세상의 중심인
저들의 자력에 내 눈길이 쩍쩍 달라붙는다
부러움과 민망함 사이에서 지직거리다가 나는
그들 뒤에 실핀 같은 눈길을 꽂고 뒤따르는데
계단을 나비처럼 팔랑팔랑 올라가는 여자 뒤에서
재빨리 재킷을 벗어 가파른 치마를 감싸는 남자
저렇게 시작된다 코밑이 까뭇까뭇한 남자의 일생은
여자의 치마 둘레, 그 아득한 원주율을 평생 돌고 돈다

다 늦은 전화

늦은 밤 전화기 속에서
무장 해제된 흘림체의 누설이 흘러나왔다
나는 당황과 황당을 오른손 왼손으로 바꿔 들다가
나와 그 사이의 밀도를 헤아리다가
아차, 그건 나의 몫이 아니라 그의 몫
실수든 술김이든
그 순간만큼은 세상을 다 가진 사람
세상 같은 건 더러워 저 멀리 던져 둔 사람
외로운 세계에 구멍을 내는 사람

미주알고주알 뒷담화 늘어놓던
밤이나 새벽에 전화해서 징징거리던
손목이 아프도록 길게 길게 사연을 늘어놓던

그 시절 우리는 동병상련 병동에서 만났지 외로움을 앓고
있었지 제1주치의는 우리에게 외로움을 함부로 발설하라고
처방했고 제2주치의는 외로움을 함구하라고 처방했지 같은
병동에 있다는 이유만으로 브로치처럼 빛나던 외로움의 얼
굴, 외로움이 외로움과 마주 보고 있었을 뿐인데 병원 안이
병원 밖보다 더 아늑했지 제1주치의와 제2주치의 108번째

공방전이 있던 날 우리는 병원 밖으로 강제 추방당했지 외로움의 내성은 끝끝내 치유하지 못한 채 말이지 내가 병원 밖에서 만난 대부분의 사람들은 외로움을 처리하는 방식이 서툴고 거칠었지 병원 밖은 안전한 곳이 아니었지

공공의 궤도에서 이탈한 자로부터 문득
다 늦은 전화가 왔다

무화과

고환처럼 생긴 과일
사타구니로 먹어야 하나?
외설적인 생각을 팬티처럼 벗기고 벌리고 쪼갠다
수백 마리의 정자가 고물거리는 듯
세포분열이 진행되고 있는 수정란인 듯
아니면 겉 다르고 속 다른 자웅동체인가
꽃 피는 시절을 건너뛰고 과일에 도착할 수 있다니
진화인지 변종인지 분분해도 무화과는 주렁주렁 익어 간다
내 눈은 꽃에서부터 멀어진 뿌리를 겨냥하고
혀끝은 과육의 맛을 탐하는데
살다가 어느 날 갑자기 바지 안에서 여자가 돋아난다면
살다가 어느 날 갑자기 치마 안에서 남자가 돋아난다면
얼마나 무서울까 뒤엉켜 버린 몸이
틀려 버린 몸이라고 비난하는 천 개의 입술들이
두 갈래 길 앞에서 망설였던 로버트 프로스트와
남자를 벗고 여자로 갈아입었던 하리수를 생각하며
무화과를 먹는다 밖으로 한 번도 발설하지 못했던 꽃을
입안에서 붉게 으깨지는 무화과를 먹는다

길가에 널리고 널린 이야기

테니스장 담장 틈
이름 모를 꽃 한 송이
잉여처럼 피어 있다
아무도 눈길 주지 않는 곳
규칙과 승부와 환호작약과 먼
세상 물정으로부터 먼
그늘진 사각지대에 무심히
핀 줄도 모르고 피어 있다
수백 근의 적막을 머리에 이고
별들의 기울기에 눈빛을 맞추려고
온몸 혹독하게 뒤척였겠다
테니스공에서 튕겨져 나온 햇살을 젖을 빨듯 끌어당겼겠다
비바람과 천둥이 건달처럼 다녀갔겠다
화려함과 향기가 부실해도
사람들 눈길이 닿거나 말거나
누가 이름을 불러 주거나 말거나
제가 주인인 줄도 모르는 꽃이
최선을 다해 피어 있다

목울대 힘껏 뽑아 올리고
아파트로 진입하는 확성기 소리

사람의 반경

사람 관계가 고산준령이다 첩첩산중이다
피로 나눈 관계든 정으로 맺은 관계든
이해의 협곡과 타산의 습곡 사이
아슬아슬 곤두서는 감정의 도그마
마주 보고 웃고 있어도 속을 알 수 없는
사람만큼 고단하고 피곤한 산이 없다
사람을 피해 홀로 산행길에 오른다
비 온 직후 산길 초입에 인적이 뜸하다
사람들을 벗어나자 피곤이 푹 익은 감자 껍질처럼 벗겨진다
무주공산 어디쯤 야트막한 처소 한 채 짓고
진달래며 다람쥐랑 이웃하고 고요를 들이고 살면
나는 사람을 그리워하는 사람이 될까
무인사無人寺는 아직도 멀었는데
편해야 할 산행이 슬그머니 가팔라지기 시작한다
인간을 피해 온 산행이 2시간도 채 지나지 않아서
쿵쿵 인간의 자취를 그리워하고 있다?
그때 산모롱이에서 한 사람이 나타난다 순간
반갑다, 싶은 마음에 백지장 같은 공포가 덮친다
몇 년 전 이 산 계곡에서 살인 사건도 일어났다는데
앞에서 걸어오는 사람 인상착의부터 살피게 되는데

사람이 나타나지 않아서 불안하고
사람이 나타나도 불안해지는 산길
나는 어디서 어디로 도피 중이었을까
발길 되돌려 오던 길 다시 내려간다
인간 비린내가 진동하는 습속
징글징글한 나의 적소를 향하여

아버지의 팔자

"야들아, 나는 가만히 앉아서 먹고 자고 테레비나 보고
아무리 생각해 봐도 내 팔자가 상팔자다"던 아버지
그 좋은 팔자도 지긋지긋했던 모양이네
온 식구들 불러 모아 놓고
사돈에 육촌 아재까지 불러 놓고
그것도 부족해서 내 친구들까지 죄다 불러 놓고
큰 홀 빌려서 사흘 밤낮 잔치를 베푸시네
배포 큰 우리 아버지
우리에게 새 옷도 한 벌씩 척척 사 주고
아버지도 백만 원이 넘는 비싼 옷으로 쫘―악 빼입으시고
한 번도 타 보지 못했던 리무진까지 타시고
온 식구들 대절 버스에 줄줄이 태우고
수원 찍고 이천으로 꽃구경까지 시켜 주시네
간도 크셔라 우리 아버지
이천만 원이 넘는 돈을
삼 일 만에 펑펑 다 써 버리고
우리들 볼 낯이 없었던지
돌아오시질 않네
잔치는 끝났는데……
아마도 우리 아버지 팔자 다시 고쳤나 보네

충만한 착시

저기 뒷모습이 걸어간다 내가 수천 번 눈에 담았던 뒷모습이다 눈에 욱여넣고 또 욱여넣고 카메라에 다시 담는 뒷모습이다 어느 방향에서 들이대도 내 마음의 중심으로 미끄러져 들어오는 뒷모습이다 카메라는 다만 내 마음의 흘러넘침을 조금 거들 뿐 하루에 한 번씩 나를 베란다에 우두망찰 세워 두는 뒷모습이다 조금만 더 천천히 걸어갔으면 싶은 뒷모습이다 편의점 모서리를 돌아설 때 그때서야 그물 같은 내 시선을 거둬들이게 하는 뒷모습이다 16층에서 내려다보는 풍경 중 가장 오래 본 모습이다 봐도 봐도 물리지 않는, 왜곡된 내 시선의 항상성을 껴입고 가는 뒷모습이다 뒷모습이지만 뒷모습도 아닌 모습이다 걸어가는 것 같지만 다시 내게로 걸어오는 것 같은 뒷모습이다 머리에 햇빛 세례를 듬뿍 받으며 좌우에 도열한 나뭇잎 갈채를 받으며 저기 내 아이들이 아귀 같은 세상을 향하여 힘차게 걸어간다

중년

더 오를 데가 없다 높이 던져 두었던 시선의 가장자리가
까맣게 오그라든다

갈 길을 상실한 귀때기 너덜너덜한 담쟁이, 높이를 잃은
사통팔달 난감하게 펼쳐지는 난간, 끝까지 가 보지 않아도
끝이 보이는 뛰어내리지도 되돌아가지도 못하는 평평한 산

무럭무럭 늙어 가는 일에 연명하는 갈 데가 뻔한데 갈 때
까지 가야 하는 살아도 살아도 가을과 겨울만 반복되는 눈
을 떠도 감아도 눈꺼풀 위로 우우 몰려와 있는 길고 긴 우울

발 닿는 곳마다 지루하고 집요하게 이어지는 소실점

가도 가도 고속도로 갓길 낮은 보폭으로 앞서서 설설 기
어가는 속도를 상실한 수평의 연대

달력

살찐 달이 돌아오고 있다 달의 궤도 안으로 모여든 여자들이 부친다 호박을 부친다 나물을 무친다 두부를 부친다 부채를 부친다 농담을 동글동글 뒤집으며 동그랑땡을 부친다 동태를 부친다 권태를 부친다 얼굴이 지워진 여자들이 2박 3일 달을 부친다 하품을 하며 부친다 꾸벅꾸벅 졸면서 부친다 여자들 몸에서 석유 냄새가 확확 피어오를 때까지 부친다 찌든 기름 냄새가 잔뜩 배어 있는 참 오래갈 문명 밖으로 혀를 내밀다가 분신한 여자들도 있다 부메랑처럼 어김없이 돌아오는 저 달이 여자들을 부친다 달은 힘이 세다 유사 이래 녹슬지 않는 달 여자들이 부친다

모래시계

1

2016년 5월 8일 오전 2시쯤 서울 용산구 이태원동의 3층 짜리 주택 옥상에서 그 집에 세 들어 살던 미국 국적 남성 A 씨(31)와 남아프리카공화국 국적 여성 L 씨(26)가 추락해 숨 졌다. 두 사람은 옥상 난간에서 키스를 하다가 L 씨가 밑으 로 떨어졌고, A 씨가 L 씨를 잡으려다 함께 추락했다. 두 사람은 병원으로 이송됐지만 숨졌다.

—⟨Yes! Top News⟩, 《YTN》

2

애도는 못 하겠어 박수를 칠 뻔했어 아무리 살아도 나는 저 커플의 키스 체위 근처에도 못 미칠 거야 앞뒤 가리지 않 았어 진정 미친 거지 온몸을 걸고 키스해 봤나 저들처럼, 엉 겁결에 추락사든 육욕이든 사랑이든 세상에서 가장 아름다 운 난간인 입술, 그 달콤한 난간에서의 최후, 최선이란 저 런 것이지 그 순간만큼은 코리아 드림도 이태원의 불나방 같은 생활도 저 멀리 던져 버렸을 별도 달도 뜨지 않았을 옥 상 난간쯤이야 문제도 아니었을 오직 키스의 각도로 환하 게 빛났을 그 난간은 얼마나 아찔한 높이였을까 지상으로 추락할 때 함께 공유했던 그들만의 제국은 얼마나 붉게 빛

나다가 으깨졌을까

3

앞 베란다든 뒤 베란다든 넘쳐 나는 우리 집 난간에는 화
분들이 허리 터지게 자리다툼을 하네 그 바람에 매일 밤 남
실대는 달빛이 우리 집에 와서 다 죽네 난간에 허리 한번
걸치지 못하고 나도 한때 뜨거운 난간 위를 걷던 고양이였
지 좀 더 짧아도 좋았을 치마는 좀 더 붉어도 좋았을 립스
틱은 북회귀선을 넘지 못해 미수에 그치고 말았던가 내 영
혼의 비계를 밟고 숨 가쁘게 밀착해 오는 느—으—윽대 같
은 숨결 하나 없어 나 낭패狼狽의 허리나 밤새 더듬고 있네
아찔한 난간에 허리 한번 늘씬 걸치지 못하고 사철 푸르뎅
뎅한 불구가 되어

하지

비릿한 밤꽃 냄새가 나를 덮쳤다

능소화 진홍빛 입술이 담장을 넘었다

화단의 으아리꽃들이 쩍쩍 벌어졌다

후텁지근한 흙내가 목덜미를 휘감고 올라왔다

벌과 나비의 날갯짓에 허공이 빨갛게 부풀었다

여자의 치맛단 쓸리는 소리를 들으며 고추가 여물었다

이명처럼 끊겼다 이어지고 끊겼다 이어지는 개울물 소리

그 방에는 멀리서 온 마른 여자 하나와 눅눅한 베개 하나와

천천히 똬리를 풀기 시작하던 적요의 굶주린 혓바닥과

검은 근육질로 일렁이던 짐승 같은 밤의 숨소리와

>

누런 밤꽃 냄새가 탱탱하게 발기하던 그날 밤

밤의 운동장을 가로지르던 온갖 것들의 붉은 하지와

그런 줄 알면서도

슬슬 회가 동했지 낮부터 그 횟집에 도착하기 전부터 요동치던 고래 한 마리 벨트 안에 꾹 질러 놓고 욕망의 온도를 조절하고 있었지 혀에 착착 감기다가 살살 녹는 활어의 맛이란 혀끝에 도착하기 전 최고조에 달하지 그런 줄 알면서도 언제나 우리는 백치처럼 입맛을 다시고 젓가락을 쪼갰지 북회귀선 부근에 서식한다는 이 활어는 자연산일까 양식일까 오래된 습관처럼 붉은 살을 콕콕 헤집으며 씹고 뜯고 맛보고 즐겼지 시간이 흐를수록 내 혀는 변질되고 있었지 우리는 같은 강물에 두 번 발을 담글 수 없는 종족이니까 입술에서 혓바닥을 거쳐 목구멍까지의 거리란 노예처럼 씁쓸하지 그런 줄 알면서도 식어 가는 혓바닥으로 어안魚眼을 핥으며 우리는 연애의 온도에 대하여 설왕설래했던가 그때 술잔 속에 너도밤나무 숲이 둥글게 흔들리고 있었지 살이 살을 삼키는 이 게임, 활어는 생각난 듯 꼬리를 파닥거리고 우리는 비린내를 삼키고 있었지 그런 줄 알면서도 서로의 뇌수를 향해 비릿한 항해를 반복했지 어젯밤 그 횟집에서 싱싱한 바위 하나 굴리다가 왔지

유산

　남자와 여자가 차를 마신다 남자의 머리가 꽃을 향해 뱅그르르 돌아간다 찻집 주인에게 꽃병에 담긴 꽃 이름을 묻는다 "뭐라고요 다시 말씀해 주세요" 남자가 꽃 이름을 다시 묻는다 또 다른 사랑이라는 꽃말을 가진 꽃이 향기를 울컥 울컥 쏟아낸다 남자의 귓바퀴가 화들짝 벙글어진다 관자놀이가 벌떡벌떡 뛴다 여자의 속눈썹 위에서 공기가 파르르 떤다 여자가 꽃 이름을 귀에 묻는다 남자가 그 아버지의 아버지의 아버지로부터 물려받은 가업은 꽃에 물 주는 일, 여자의 바람이고 햇볕이고 흙이고 물이던 남자가 여자 앞에서 낯선 꽃 이름을 묻는다 여자가 그 어머니의 어머니의 어머니로부터 물려받은 콤팩트를 꺼내 들고 화장을 고치기 시작한다

모란

종로3가역 공중화장실 거울 앞 한껏 차려입은 노파가 립
스틱을 꺼내 바른다

에~고 힘들다 이거 좀 껴 봐 봐라 내 혼자는 못 하겠다

처음 보는 내게 다짜고짜 말을 놓고 귀걸이를 덜렁 맡긴다

당황도 멈칫 여자라는 목적을 눈치챈 유전자끼리 단번
에 알아본다

내게 귓불을 맡긴 노파는 세상에 널리고 널린 어머니 중
의 어머니, 나는 그가 낳은 세상에 많고 많은 딸 중의 딸

노파는 분첩을 열어 여자를 불러낸다 검은 머리끄덩이를
사정없이 끌어당긴다 주름 사이에서 볼그레한 화색을 끙끙
길어 올린다

묻지도 않았는데

내가 올해 여든다섯이다 오늘 요 앞에서 친구 만나기로
했다 하하하

꽃단장을 마친 노파는 여든네 번째 전장을 통과한 여전
사 같다

꽃들이 축포를 쏘아대는 저 사정거리를 향하여

여든다섯 번째 도전장을 내미는 노파의 오늘은

기약 없을 수많은 내일과 내일이 밀어붙인 꽃

노파의 속곳 주머니에는 잘 여문 꽃씨가 한 홉 하고도 반

나는 엉겁결에 화장실에 붙들려 낯선 노파의 시중을 들고
봄처녀나비가 내 입꼬리를 물고 붐붐붐 번지고

모델하우스

그가 옆에 앉았다
옆구리에서 정전기가 일었다
흔해 빠진 중력 앞에 나는 무기력했다
그의 지문이 묻어 있던 페이지에 내 지문이 포개졌다
같은 곳을 바라보고 앉아 있었다 연인처럼
그의 목소리에 내 목소리가 돋아났다
생각과 생각이 조약돌처럼 부딪쳤다
가끔씩 불꽃이 튀었다
옆구리가 리아스식 해안처럼 복잡해졌다
우리는 옆구리로 만나는 사이
영혼이 상승해도 옷을 벗을 수 없는 사이
그가 나를 내 곁,이라고 엎질렀다
환한 어둠 속에서 나는 해먹처럼 흔들렸다
뿌리 깊은 집 쪽에서 오래된 바람이 불어오고
다친 망막과 옆구리를 데리고 그는 떠나갔다
옆구리에 보풀이 인다

제2부

비유의 외곽

도색공塗色工들이 아파트 외벽에 매달려 있다

비계飛階보다 더 높은 곳에 생계生界가 있다 외줄은 언제나 거기서 내려온다

외줄에 비계를 세우고 허공을 발끝에 친친 감아 신고 목숨을 붓으로 사용하는 숙련공들

온몸을 구부려 색과 선을 덧입히는 저들의 곡예는 서커스도 예술도 아니다 아무도 박수 쳐 주지 않는 수직의 허방에서

그들의 붓질은 놀이도 자유도 아닌 동료의 얼굴에 묻은 페인트 자국 같은 것 길가에 쭈그리고 앉아서 먹는 식어 가는 짜장면의 온기 같은 것

사방이 낭떠러지다 사방이 절벽이다 삶이 줄타기다 저들이 움직일 때마다 앞뒤 좌우 가리지 않고 덤벼드는 확장되는 외연들 비유가 다 담아내지 못하는

가파른 사각지대에서 수당壽當처럼 피어오르는 아찔한 페인트 향

헌 아파트가 새 옷으로 갈아입는다

원정

톱니처럼 생긴 꽃, 민들레가 맞물려서피어나고맞물려서
피어난다

꽃이 꽃을 길어 올린다 대기에 미세먼지 하나 남기지 않
고 아무 곳 아무 데로 전투적으로 번 져 간 다 번 져 간 다 석
유 한 방울 사용하지 않고

인조석과 활주로를 가볍게 넘는다 총 칼 없이 미사일 없
이 드론 없이 국경과 바다를 건너

방글라데시 로힝야족 난민들 가슴에 뿌리를 내리고 발아
를 기다린다 시리아 홈스 주택가 주인 잃은 신발 안에도 뿌
리를 내리고 상처 난 대지를 꽃으로 봉합한다

꽃으로라도 사람을 다치게 해서는 안 된다

저렇게 비폭력적인 이데올로기도 없다

민들레 씨앗 안에는 엎질러지기를 소망하는 초록 물감
이 수십억 톤

>

23.5° 기운 민들레 씨가 지구의 자전 속도에 따라 지구촌
어디든 번 져 간 다 번 져 간 다

욱

오랫동안 나를 떠나지 않는 이름 하나 있지
『죄와 벌』의 마지막 페이지를 덮을 무렵이었던가
푸른 눈의 혁명가 이마에 키스를 할 무렵이었던가
그 도서관에서 우리는 눈을 맞췄지
때마침 화단의 맨드라미는 미친 듯 타올랐고
청춘을 장전裝塡한 우리는 두려울 게 없었지
사랑과 혁명을 도모하기에 우리는 충분히 위험했지
그때 '종욱'이었던가 '진욱'이었던가 '동욱'이었던가
혈기 왕성하던 다혈질의 나와 함께
청춘 백서를 필사하던 '욱'
체크 남방 안에서 키우던 근육은 어디로 갔을까
지금쯤 착한 여자 만나 조용히 잘살고 있을까
그를 이제 내 품에서 해방시켜 줘야 할 텐데
뾰족하던 그의 정신에도 둥글둥글 살이 붙어
적금통장 부풀리는 일에 전력 질주하고 있을지 모를 일인데
사회적 동물이란 말을 그리 실천하고 있을지 모를 일인데
TV를 켜거나 신문을 뒤적거리다 보면
그때나 지금이나 세상은
아날로그에서 디지털로 흑백에서 컬러로
옷만 바꿔 입었을 뿐

그가 내게서 와락! 돋아난다
푸른 주먹을 불끈! 쥔다
겉이 아니라 속을 바꿔야 한다고
내 안에서 종주먹을 꺼낸다
세상을 향해 '욱' 어퍼컷을 날린다

삼투압에 대한 사회 역학적 고찰

땅에서 막 캐낸 봄 양파는 연하고 달콤하다 세상 밖으로 나온 양파는 시간이 지날수록 육질이 점점 단단해지고 매운맛으로 변해 간다

수백 년간 순수 혈통을 유지해 온 시베리아허스키는 온순한 품성으로 유명하다 경주용으로 길들여지면서부터 포악해지기 시작했다

개미가 처음부터 작았던 건 아니다 적의 눈에 띄지 않기 위해 점점 몸피를 줄였다는 설이 있다 공룡이 쥐라기에서 일찍이 소멸된 것은 초원의 기류를 감지하지 못한 결과라는 말씀, 믿거나 말거나

지하철 2호선 푸석푸석한 얼굴들이 생수를 마신다 인공 눈물을 넣는다 미스트를 뿌린다 이 지하철은 마다가스카르 역을 통과하지 않는다 지하에서 지상으로 무명에서 유명으로 가난에서 부유로 을에서 갑을 향해 끊임없이 흘러가는 사람들

>

한때 저들에게도 윤기 흐르던 시절이 있었다 빳빳하게 서
있던 시절이 있었다 철없이 반짝이던 눈빛도 있었다

이것은 계란이 아니다[*]

계란이 부화하면 닭밖에 안 된다

프라이팬 밖에서 계란은 깬다 깨진다 터뜨린다 등의 서술어와 만나서 닭 아닌 그 무엇이 된다

계란은 늘어진 모공과 만나서 거품을 문다 일으킨다 부푼다 녹이다 조이다 침투하다 등의 동사와 어울려서 맛이 되거나 멋이 되거나
욕실 바닥을 박박 기거나 텀블러 안에서 쉑쉑쉑– 쉑쉑쉑– 산산조각 나는 춤을 추다가

계란은 계란을 버리고 이름을 버리고 껍질도 벗어 버리고

계란은 쥔다 던진다 겨냥한다 등의 결의와 목적과 의기투합할 때 날개가 돋는다 하늘을 난다 프라이팬보다 더 뜨거운 광장의 불타는 주먹이 된다 고소한 주먹이 된다 자동차 건물 검은 머리 철면피 양복 넥타이를 타고 비릿하게 흘러내릴 때쯤 들끓던 공분公憤이 숨을 고른다

계란은 흰자와 노른자 사이에 핏줄을 숨기고 계란 장수

50

의 목청을 쥐어짠다

　계란이 왔어요~ 싸고 영양가 많은 계란이 왔어요~ 요
리조리 가능한

　계란은 어디까지 가 보았을까

* 르네 마그리트, 〈이것은 파이프가 아니다〉 제목 차용.

환생

따지 못하는 홍시는 홍시가 아니다
사다리가 오르는 지점까지만 홍시다
한 끗 차이로 엇갈리는 운명의 지침
사다리가 제거되자 감나무의 노선이 가팔라진다
불콰해진 자살특공대들 주렁주렁 허공을 장전하고
살얼음판 같은 모의를 품고
장렬하게 자폭하거나
감나무 밑을 지나가는 정수리를 사정거리에 둘 것
습자지 같은 허공이 밀착하여 올 때
얼마나 무서웠을까 얼마나 외로웠을까
감나무 가지를 흔들어대는 겨울바람 소리
먼 북쪽 하늘 이름 모를 물컹한 별들이 진다

아무도 돌아보지 않는 계절

〈24시 편의점〉 붙박이 탁자 구석에서 한 노숙자가 복권을 긁는다 요긴한 도구처럼 상반신을 삐뚜름히 구부리고 긁고 또 긁는다 다른 동작이 끼어들 틈이 없다 빵이나 소주 대신 복권을 사서 긁는 저 노숙자는 한 방에 삶이 복권되기를 꿈꾸고 있거나

포르말린 같은 희망에 취해서 사는 자다 무모하고도 하염없는 기대가 불발되어 각질처럼 떨어져 내려도 저 남루 밑에서는 스프링 같은 파동이 페달을 밟는다 편의점 TV에서 이번 겨울이 오래 지체할 것이라는 보도가 날리고 유리문 밖에 눈발이 호외처럼 날리고 한 가지 동작에 골몰하는 저 누추한 몸을 뚫고 아지랑이가 피어오를 것만 같다 자고 나면 풀잎처럼 빳빳하게 일어나던 수없이 목 졸라 죽여 버리고 싶던 몸 수없이 짓밟아 뭉개 버리고 싶던 몸 정신이 앞지르지 못해서 지긋지긋 또 살아지는 몸 머릿니가 득시글득시글댈 것 같은 그의 머리와 거무튀튀한 손가락 위로 수천 킬로의 허공을 통과한 햇빛이 쏟아진다 창밖에는 노오란 국물 같은 산수유가 팡팡 터지고

부푼 새

하얀 새 한 마리
허공에서 홀로 춤을 추고 있다
몸통을 잔뜩 부풀린 새가
허공을 힘껏 껴안았다가 멀리 보냈다가

가만히 보니 저 동작은 춤이 아니다
제 몸피 하나 가누지 못하는 엉거주춤이다
날개도 머리도 내장도 뼈도 다 털리고
입과 두 귀만 간신히 남은
아주 우스꽝스럽게 생긴 저 새는
입과 항문이 하나로 들러붙은 착종
문명의 수레바퀴와 붙어먹은 욕망이 부화시킨 새다

그걸 알고 저러는지 모르고 저러는지
저 새는 출생의 비밀과 자신의 운명에 시위하듯
입안 가득 바람을 잔뜩 깨물었다
허공을 쌈 싸 먹고 말겠다는 듯
찢어지게 아가리를 벌리고 또 벌린다
위악적인 저 모습이 욕망의 몸짓과 다를 게 없다
웃고 있는지 울고 있는지 분간이 잘 안 된다

>

사람들은 너나없이 저 새를 키운다

크고 작은 아가리를 채울수록 좋다 한다

처음부터 버려지기 위해서 태어나는 새도 있다

─과하게 부푼 아가리가 힘껏 잡아당긴 두 귀로 결박된 채, 전봇대 옆에 기대고 있거나 쓰레기통 옆에 부동자세를 하고 있거나─

속사정은 달라도 모두 뚱뚱할 때 버려진다, 개중에는

먼 해양을 떠돌다가 식탁으로 다시 돌아오는 것도 있다

컴퍼스

맹꽁이 울음을 파낸 자리에 인공 호수가 생겼다 청둥오리 몇 마리와 갈대와 개구리밥과 꽃창포가 서둘러 전입신고를 마쳤다 인공의 가습기가 이렇게 자연스러워도 되나 싶을 때 호수 가장자리에서 긴 지느러미가 너울거렸다 인공 호수는 거대한 한 마리의 물고기처럼 꿈틀거렸다

물비린내 번지는 호수 옆구리를 끼고 사람들이 돈다 호수 옆구리를 찢고 토끼가 한 마리 두 마리 세 마리…… 자꾸 태어난다 빨간 눈을 켠 사람들이 밤낮없이 두 마리 토끼를 잡으려고 껑충껑충 돈다 토끼 거죽을 뒤집어쓴 아파트 병원 백화점이 네 발 달린 밥집 술집 카페가 덩달아 돈다

호수를 중심으로 경기가 원심력처럼 번져 나갈 때 호수 속으로 한 사내가 몸을 날렸다 호수 때문에 돌았다는 기사가 수면 위로 떠올랐지만 가족 사기단 부레옥잠 일가—家가 부풀린 분양가에 핫도그 가게 부들 형제들이 낚였다는 소식에 경기는 더 치열해졌다

멀리서 보면 젖과 꿀이 흐르는 땅 가까이 가 보면 다면체의 욕망이 아귀처럼 맞물린 큐브 화려한 조명이 발산하는

원주율 안에 눈과 발이 갇혀서 평생을 돌거나 돌아 버리거나…… 오래전 자연에서 이주해 온 불나방들이 가로등 불빛 아래 머리를 짓이기며 날갯짓을 하고 있다

실업의 능력

아침을 뭉갭니다
던져 버립니다 나를 차고 있던 시계를
삭제해 버립니다 꿈꿀 권리를
찾아옵니다 연결되지 않을 권리와 잊힐 권리를
유령이나 사물로 변신이 가능해집니다
야간 비행이 가능해집니다
주간 비행도 가능해집니다
허공으로 정신이 마구 뛰어
놉니다 정맥에 면도날을 올려놓고
놉니다 인간도 아니고 짐승도 아닌 상태를
맛봅니다 마흔여덟 가지 감정을
고진苦盡해도 감래甘來하지 않습니다
관념의 당의정, 희망 고문을 뱉어 버립니다
내 것이면서 내 것이 아니었던 나는
성공합니다 아무것도 안 하는 일에
아무것도 하지 않는 힘이 남아돕니다
캄캄합니다 눈을 뜨나 감으나
아무도 그립지 않습니다

내 이름은 파랗게 일렁이는 발목

지난여름 기습적 폭우가 한강 산책로를 짓밟고 지나갔다
낭창낭창한 꽃대를 자랑하던 꽃길이 곤죽이 되었다
구청 관리들이 그 자리에서 머리를 맞대고 있을 때
매복하고 있던 야생이 먼저 숟가락을 꽂았다
강아지풀, 돌피, 개밀, 가는털비름, 털빕새귀리가
'인디언 사회에는 잡초라는 말이 없다'는 전언 앞세우고
낡음낡음한 멜빵바지에 손가락 삐딱하니 찔러 넣고서
동네 건달처럼 짝다리를 짚고서 건들건들 헝글헝글
그 행색이 하나같이 시시하고 껄렁껄렁해 보이지만
트릭이다, 저들은 야생당野生黨이 키우는 비밀 병기다
봐라, 강아지풀 외엔 암호 같지 않은가, 저 이름들
화가 폭발하면 아스팔트도 씹어 먹는 녹색 괴물들이다
조명발 한 번 받아 본 적 없지만 저 분야의 베테랑들이다
끝났다 싶을 때 Coming Soon을 외치고 다시 돌아오는
어디에 던져 놔도 누대를 거둬 먹이는 튼실한 흙수저들이다
꽃길 철거 소식에 뒤늦게 합류한 쇠무릎 어르신들
관절 주사까지 두 대씩 짱짱하게 맞고 왔다나
세계는 지금 복고풍의 음악이 유행한다나 뭐라나
다들 모인 기념으로 발바닥 댄스파티부터 열어 보자는데
좌우지간 놀란 땅거죽에 다시 생피가 돌겠구먼 그래

추수에 관한 몇 가지 소문

햇빛을 꾹꾹 눌러 심었다
해바라기가 주렁주렁 피어났다

달빛을 꾹꾹 눌러 심었다
야간 공원이 별책 부록처럼 피어났다 벤치와 연인들의 입술
이 붉은 페이지처럼 피어났다

으슥한 골목마다 어둠을 꾹꾹 눌러 심었다
금싸라기처럼 쏟아지는 가로등 불빛 아래 방방곡곡에서 모
여든 바람꽃들이 떼로 몰려와 피고 지고 피고 지곤 했다 도시
환경정비과에서 퇴치할 수 없는 꽃 비린내가 사내들의 발목을
휘어 감고 밤새 피어올랐다

검은 복면 쓴 사내들이 야산에 포대 자루를 꾹꾹 눌러 심었다
사시사철 진동하는 시체꽃 악취와 불심검문이 깡패처럼 피
어났다

그가 내게 스며들었다 그의 목소리가 내게서 돋아났다
천둥과 벼락과 비바람과 물살과 가느다란 햇살과 몰약과 낭
떠러지 끝에 매달려 있던 달콤한 골목과 포도주와 커피와 한

숨과 비상砒霜과 좁은 문과 눈치와 소문 사이 가둘 수 없는
독한 향기가 석류처럼 쩍쩍 갈라졌다

그늘의 설계

건물과 건물 사이에서
검은 근육질의 내 몸이 눈을 뜬다
어두워져야 생기가 도는
내 몸은 서늘함을 지분으로 소유하고 있다
건물 앞에 있어도 건물 옆에 끼어 있어도
뒷골목으로 으슥하게 불리는 내게로
한 남자가 휘청 옆구리를 기대 온다
마지막 수분 다 짜낼 때까지 꺼—억 꺼—억 울다가
내 가슴팍을 향해 몇 차례 주먹을 날린다
이 도시계획의 설계에 안배되지 않은 일이다
환한 불빛에 사로잡혀 있는 저 건물 안에는
한 남자의 눈물을 수습할 방 한 칸이 없다
그때 급하게 뛰어 들어온 하이힐
소화시키지 못한 시큼털털한 속내를 게워 내고
비틀비틀 뒷모습을 질질 끌고 빠져나간다
이 도시계획의 설계에 안배되지 않은 일이다
순찰 돌듯이 나타난 개 한 마리
나를 향해 컹컹 짖다가 오줌을 지리고 돌아간다
이 도시계획의 설계에 안배되지 않은 일이다
또 한 남자가 내게 와 뻑뻑 담배를 피우다가

어디론가 불안을 타전하다가 나를 빠져나간다
이 도시계획의 설계에 안배되지 않은 일이다
어둠이 깊어 갈수록 내게로 스며드는 익명의 발자국들
나의 임무는 저들의 뒷모습을 가만히 품었다가
불빛 잉잉거리는 건물 안으로 되돌려 보내 주는 것
저들을 품을 때 몇 가지 규칙이 있다
저들의 얼굴은 절대로 마주 보지 말 것
저들의 이름을 묻지 말 것
다시 와도 아는 척하지 말 것
이 도시계획의 설계 도면에는 없는 나의 노하우다
복수는 이렇게 하는 것

이런 적은 처음입니다

세계는 국경을 닫아걸고 같은 병을 배타적으로 앓습니다
바이러스는 국경을 넘어 인류를 차별 없이 찾아갑니다
현미경을 들이대어야 보이는 적 앞에서
무력武力은 무력無力해
집니다
사람들이 픽픽 쓰러
집니다
사람의 몸은 크고 뜯어 먹기 좋은 빵처럼 보일 테죠
바이러스는 모든 인종을 필요로 하고
우리는 2미터의 간격과 마스크를 필요로 합니다
세계는 좁아서 불안한 감정을 동시에 연대합니다
지구는 어느 쪽에서 보아도 둥글고 긴 벤치처럼 보일 테니까
우리는 그 벤치에 다닥다닥 앉은 큼직한 표적처럼 보일 테
니까
마스크를 쓰고 우리는
사적인 거리를 벌려 놓고
사회적이 됩니다
세계적이 됩니다
(내가) 적이 됩니다
세계적 대유행을 이렇게 쉽게 체감하게 되다니요

나는 불안을 양쪽 귀에 장착한 세계적 시민이 되었습니다
세계의 중심이 되었습니다 당분간 무사하지 않을 겁니다

구두

나는 아직 세렝게티의 바람을 기억하고 있다
가위와 망치로 내 몸 쫙쫙 찢어발겨졌어도
내 형질이 컬러풀하게 바뀌어졌어도
나는 나의 유전자를 바꿔 탈 수 없다*
입안 가득 고여 오는
오! 그리운 피 냄새
두 발목을 하악 턱으로 콱! 물고
적의 가장 여린 부분을 집중적으로 공략할 것
그것이 나라는 탈것의 존재방식이다**
발뒤꿈치를 야금야금 갉아 먹히면서도
우아한 자세로 아스팔트를 또각또각 걷게 만들 것
인간들을 향한 내 유전자들의 굴절된 에피소드***다
세상은 넓고 시간은 내게 새로운 패러다임을 요구한다
나는 여전히 배가 고프다

*, **, *** 무라카미 하루키, 『1Q84』에서 인용.

제3부

슬며시 눈을 감으면

감자탕 먹으러 가는 길 건너편 조그만 커피 전문점 하나 있지 멀리서 바라보다가 시선을 거두어들이던 아직 문 열고 들어가 본 적 없는 간판이 짙은 코발트빛이었던가 차양이 있었던가 없었던가 기억나지 않는 이름도 모르는 문득문득 문턱을 넘고 싶은 슬며시 눈을 감으면 내게로 스며드는 실내악이 사향고양이 꼬리처럼 낭창거리고 있는 채워도 채워도 채워지지 않는 길 건너편 손가락이 긴 바리스타가 제조해 주는 깊고 부드러운 루왁 커피에 마른 혀끝 오래 적시고 싶은 커피 볶는 향이 다락 사이로 플레어스커트처럼 일렁이고 있을 것만 같은 그 어렴풋한 현효의 세계 내게서 멀어지지도 더 가까워지지도 않는 내 마음의 소슬함이 망명 가서 꽂아 놓은 하얀 깃발 하나 혁명처럼 마르고 닳도록 펄럭이고 있는

4월 32일

내일 도착할 선물을 오늘 기다린다 아침이 오는 방향으로 누워 있으면 귓속으로 초록 물이 차오른다

기다리는 자세에 따라 선물은 부풀거나 왜곡되거나 축소되거나 못 쓰게 되거나 루머가 되기도 한다

어떤 선장은 먼 항해를 시작할 때 우울한 기운이 도는 선원은 배에 태우지 않는다

나의 연혁은 나쁜 예감과 자주 입을 맞춘다 내 안에 다리를 저는 행려병자 같은 신이 내 기도를 받아먹고 살고 있다

5월은 서른한 개의 초록빛 상자를 풀어헤치기 시작한다

가도 가도 4월

연결어미 '-ㄴ데'를 위한 문장 연습

4시가 임박해서 급히 집을 나서는데 은행 문 닫을 시간은 초조 초조 다가오고 있는데 오늘이 아파트 청약 접수 마감일인데 걸음을 재촉하고 있는데 태양은 내 머리를 조준하고 쪼아대는데 땀방울은 삐질삐질 쏟아지는데 아이스 아메리카노 한 잔을 사서 갈증을 빨아 당기는데 얼음들이 저들끼리 박치기를 하는데 발끝은 길을 빨아 당기는데 내 앞에서 아주머니와 할머니쯤 나이대의 여자가 걸어오고 있는데 갑자기 "아이고 아가씨 그 얼음덩어리 나 하나만 주면 안 되유 아이구 목이 타 죽겠어서 그래유" 행색이 남루한 여잔데 우리 동네 여자 같아 보이진 않는데 목이 타 죽겠으면 사서 먹으면 되지 왜 저럴까? 싶은데 나를 보고 아가씨라니 정상은 아닌 여자라 생각이 드는데 그 여자를 유령 취급하고 은행을 향해 질주를 하는데 그때 착한 사마리아인이라면 어떻게 했을까, 라는 문장이 뒤통수를 잡고 따라오는데 그러거나 말거나 뒤도 돌아보지 않고 은행 앞에 도착했는데 정말로 1,500원짜리 아이스 아메리카노 한 잔 사서 먹을 형편도 안 되는 여자라면 하는 생각이 뒤죽박죽 떠오르는데

온다

온다 리듬이 온다 리드미컬하게 나를 리드하러 온다 나를 숙주 삼으려고 온다 나를 깨우러 온다 가시덤불을 헤치고 빗소리를 헤치며 온다 들을 귀 하나 찾으러 온몸으로 온다 버드나무 이파리의 떨림과 연둣빛 바람결을 내 귀에 팔랑 걸러 온다 리듬은 내 귀에 솜사탕 리듬은 내 귀에 로션 내 귀에 트라이앵글 목청이 없는 리듬은 문맹인 리듬은 천방지축 아름다워 이 지상에 하나의 문장으로 태어나고 싶은

리듬이 어느 날 갑자기 나를 덮칠 때 내 귀를 나팔처럼 부-우-우 내놓고 리듬의 간격을 받아 적는 나는 리듬의 필터 내 귀를 삼투압처럼 통과한 리듬은 허밍처럼 입안에서 맴돌다 혀에 돋을새김을 하다 발아된 문장을 혓바닥처럼 뽑아내면 내 몸의 경계는 뒤죽박죽 엉망으로 진창으로 즐거워지지 나는 리듬의 주술에 휘말린 필경사 내 주위에는 무형질의 반죽 같은 리듬들이 호명될 자기의 순서를 기다리지

리듬이 부지불식간 나를 덮칠 때 간발의 차이로 내 게으름으로 리듬을 놓치면 리듬은 매몰차게 앵돌아 나가 버린다 어느 순간 리듬을 탈지 모를 내 안의 메트로놈이 박자를 놓치지 않도록 박자가 엉기지 않도록 리듬의 일거수일투족을 살펴야 한다 나는 리듬의 주문에 걸려든 시녀 리듬의 악사 리듬은 내 귀를 찾아 헤매고 나는 리듬이 오기를 기다리

고 기다리고 기다린다

　리듬이 온다 리듬이 온다 리듬은 수많은 나뭇가지와 수많
은 물결과 수많은 풀잎 사이에 몸을 숨기고 온다 나는 눈을
감고 귀를 연다 시를 받아 적는 내내 나는 리듬의 을乙 내가
손잡아 주지 않으면 아무것도 아닌 리듬이 온다

꽃 피었다는 이유

복숭아꽃이 만발했다고
시인들 몇이서 만나자는 연분홍빛 연락이 왔다
꽃 피었다는 이유만으로 만날 이유가 충분한
모름지기 우리는 가슴에 꽃숭어리 품고 사는 시인이니까
꽃에게 눈도장 찍으러 가자는 도원결의桃園結義를
거절하는 이는 아무도 없었다
바야흐로 나는 권력과 무관한 시인이다
세상이여 나를 흔들려면 어디 한번 흔들어 봐라
시가 나를 흔들면 그때 비로소 나는 흔들리리라
꽃이 나를 부르니 나는 곧 달려갈 터이다, 하고
샤워를 할 때도 남대천을 거슬러 올라가는 연어 떼
역류하는 유선형 몸짓을 떠올리고 있었을지 모른다
그러나 무슨 연유에서인지 모임은 무산되었다
복숭아밭 기슭에서 멧돼지 한 마리가 노릇노릇 구워지
고 있다
잘나가는 가수와 배우도 몇 명 불렀다
아무개 시인의 시집 출판기념회도 곁들인다, 했다면
그랬다면 우리는 복숭아꽃 그늘 아래 불그죽죽하게 모
여 앉아서
"꽃 피는 이유 하나만으로 충분한 봄날입니다 그렇지 않

습니까, 여러분" 하며 잔을 부딪쳤을 것이다

　모르는 척 복숭아는 자꾸만 꽃잎을 게워 내곤 했을 것이다

　이유 많은 봄날이 간다

차연에게

벽에 걸려 있는 내 사진이 거울 속으로 보인다
거울 속으로 보이는 내 사진을 내가 바라보고 있다
사진 속에 거울 속에 거울을 바라보는
내 눈 속에 비치는 나에게
저게 바로 나야! 하고 말하는 순간
내 시선은 어디에도 고정되지 못한다
흘러가는 시간 속에 나는 정착하지 못하고 표류한다
사진을 찍는 것은 표류하는 나에게
닻 하나 내리는 일
미끄러지는 나의 초상을 꼭 붙들어 보겠다는 말
우리가 사랑하는 일도 그렇다
우리는 사랑이라는 감정에 집착하였다
네가 내 안에 들어와 하나가 되었을 때도
우리는 미끄러지고 있었을 뿐
우리가 하나 된 적 있었을까
하나가 되었다는 말만큼 불편한 말은 없다
우리는 우리라는 말의 굴레에 잠깐 머물러 있었을 뿐
사랑이라는 말의 감촉에 깜박 속고 있었을 뿐
나는 너에게 너는 나에게
점액질로 미끄덩거리는 미꾸라지다

서로에게 겹쳐지지 않는 간격이다
잡힐 듯 잡히지 않는 나비이다
보일 듯 보이지 않는 바람이다

환한 방

개념이 없지 내가 통과하면 월요일 화요일 수요일 국경일 일요일은 없어지지 나는 의자 없이 바닥에 앉아서 경계를 뭉개 내게 의자가 없어서 다행이야 오늘은 말이지 3시 38분에서 9시 56분 사이에 말이지 아니 어제 6시 16분에서 9시 34분 사이라고 생각해도 괜찮아 뭉크가 절규하든지 말든지 나하고 상관없어 나는 혼자 있어도 심심하지 않으니까 이 시 제목은 세상이 나를 버린 후가 더 적당하겠소 소가 넘어간 후가 더 적당하겠소 이상에게 물어볼까 환한 방은 너무 개념적이야 내가 제일 잘하는 일은 아무것도 안 해도 되는, 그냥 가만히 방에 숨죽이고 있는 일 그러면 나를 둘러싸고 있던 철삿줄 같은 개념이 연기처럼 실실 빠져나가지 개념을 연기演技하지 않아도 돼 그냥 즐기면 돼 나는 매일매일 연기처럼 가능해지지 해 지고 다시 해시시 해가 뜨거나 말거나 말 걸 사람이 없어도 나는 화나지 않아 아기처럼 나는 아무것도 안 해도 돼 그런데 곧 지루해질지도 몰라 곧 개념이 들이닥칠지도 몰라 아직은 지루해지기 전 해 뜨기 전이라서 괜찮아 나는 이 방이 좋아 내 방에 놀러 올래?

사월

목련이 온다 산수유가 온다 진달래가 온다 벚꽃이 아득바
득 화관을 다투어 쓰고 맨발로 온다

인양할 분홍이 없다 나는

꽃들이 담장을 뛰어넘는다 거리를 횡단한다 길을 건너는
노인의 등에서 파란 싹이 돋는다

사월은 늘 내 뒤통수를 밟고 온다

빈손에 꽃잎이 소금처럼 저민다

두 발을 땅에 심으면 정수리에서 석유 냄새가 피어날까

아흔아홉 번째 그은 성냥에서 그을음이 피어난다

주머니를 뒤져도 뾰족해진 씨앗이 없다

사월에 나는 가장 골똘해

진다

코르셋

내 이목구비는 아버지를
빼닮았다 오래된 비유에 적합하도록
돌아가신 아버지가 내 얼굴에 확장된다
아버지와 내가 젖은 다시마처럼 겹친다
아버지의 피륙이 나의 피륙에 신표信標처럼
똑! 맞아떨어지려고 궁리한다
노심초사 아버지는 나를 감염시키려고 한다
비유는 나를 동반하고 이미지에 가까워졌다
아버지가 나를 입고 늘어지게 순환한다
끈적끈적 점철되는 나
아버지는 나를 연기하고 연기하려고 태어났을까
숨이 막혀요 아버지 이제 그만 나를 떠나세요
이제 그만 나를 호명하세요
아버지가 나를 부를 때마다 내 이름이 비좁아요
짙은 화장을 해도 감춰지지 않는 아버지 얼굴
아버지의 일부가 헐어서 된 내게
복수의 피가 뜨겁게 흐르고
태어날 때부터 헌것이던 나
죽어도 나는 새것이 되긴 틀린 틀
죽어도 단수가 되기 힘든 나

문득문득 내가 없다, 는 사실만 빈 빵틀처럼 사실적이다
호명 밖을 겉도는 나의 실체
내게 밀착하고 좀처럼 변형되지 않는
아버지의 오래된 눈웃음
씨실과 날실처럼 뒤엉켜서 나도 주름처럼 웃는다

목련에 얽힌 전설

괴팍한 성격의 조경사가 다녀간 후
전지된 나뭇가지에서 비릿한 냄새가 스멀스멀 피어올랐다
기형의 목련을 부축하고 비틀비틀 봄이 도착했다
불구不具를 불구不久하고
가장 높은 가지 끝
하얀 부리 하나

필경 저건 의태다
몸이 몸을 껴입은 형극荊棘이다
그 어느 날 목련은 제게 깃든 둥지 하나 꿀꺽 품었다는데
그때 둥지 안 미처 부화하지 못한 새 한 마리
목련을 숙주 삼고 형질이 차츰 바뀌었다는데
그걸 알 바 없는 조경사는 매년 가지를 전지하고
그때마다 목련은 진저리를 치고

해마다 봄이 오면
두 발 깊이 땅에 박힌 새가
밖으로 날아가려고 자꾸만 달아나려고
필사적으로 상처 입은 날개를 추스르는데
사람들은 그걸 꽃으로 착각하고

목련 꽃그늘 아래서 베르테르의 편지를 읽노라니
목련 꽃그늘 아래서 긴 사연의 편지를 쓴다고 소란스러운데

목련 그늘 아래 서면
겨드랑이가 가려워지는 이유
꽃 비린내가 자꾸만 번지는 이유

내 안에 상한 새 한 마리 두 마리 세 마리 네 마리……

포도밭 밀서

아스팔트가 저들의 속도를 따라잡기 전까지만 해도
초원을 달리던 척추동물이었다 궁지에 몰린 저들은
눈썹을 밀고 무릎을 꺾고 양쪽 귀를 면도날로 도려내고
마침내 온몸을 눈알 속으로 욱여넣고
"이 도시는 참 포도나무요 우리는 그 가지이니 여기서 더 이
상 밀려나지 않게 하소서 이 도시를 떠나서는 우리는 아무것
도 할 수 없나니⋯⋯"
뒤틀린 관절 하나로 버티는 저들의 비좁은 입지는
이 도시에서 살아남기 위한 최선의 처세술이다
제자리에 가만히 있는 듯 보여도 눈동자는 달리고 달린다
천 개의 시선으로 마을 구석구석을 핥는다
어느 날 마을에 전단지가 뿌려지고
마스크를 착용한 녹색당원들이 그들의 눈을 봉쇄했다
하얀 안대 위에 박힌 죄목은
'볼 것 안 볼 것 가리지 않고 너무 많이 본 죄'
밖으로 달리던 그들의 시선이 내부로 자라기 시작했다
달이 몇 번 몸을 부풀리는 동안 늑대가 불침번을 서고
인부들은 하얀 안대 사이로 눈동자를 함부로 찔러 보곤 했다
으깨진 눈동자가 발밑에 뒹굴고 개미 떼가 까맣게 몰려들 때
"음, 개미가 파먹을 정도의 눈깔이면 이제 쓸모가 없어진

거 맞지? 자, 시작하지!"

해바라기 부대가 지켜보는 대낮에 집단 참수가 시작되었다

어떤 기록에도 남아 있지 않은 어느 가을날

외곽으로 달리는 트럭에서 붉은 눈물이 줄줄 흘러내렸다

입술

온몸이 입술이다
육감적인 붉은빛 또는 금빛 립스틱으로 치장하거나
지퍼로 봉인하는 그로테스크한 습성은
유혹과 금기의 패러독스
정작 그 입술의 목적은 벌어지는 데 있다
페스츄리처럼 수많은 겹과 결을 가진
혓바닥을 머금고 있는 그 입술
뜨겁거나 차갑지 않은 입술은 씹다가 뱉어 버리는
누구나 키스할 수 있어도
아무나 할 수 없는
그 입술 잘못 건드렸다가 죽은 사람 여럿이지만
그 입술로 먹고사는 사람 또한 여럿이다
끊이지 않는 구설수가 국경을 넘는
수 세기 혹은 세기말의 이데올로기
아무도 그 입술의 깊이를 모른다

내용과 형식

　수많은 쉼표로 만들어진 카페가 있다 〈스타벅스〉를 지나서 〈커피빈〉을 지나서 이면지 같은 골목 사이에 숨어 있는 곳 무명의 간판이 잘 보이지 않는 곳 약속이 없어도 가는 곳 내 마음의 보루가 되었다가 유배지가 되었다가 하는 곳 나를 낭비하고 싶을 때 가는 곳 가던 길 멈추게 만드는 곳 스탬프 열 개를 찍으면 열한 잔째 형식을 공짜로 주는 곳 푹신한 의자에 몸을 파묻고 천천히 화첩을 넘기고 있으면 내가 없어지는 곳 커피 잔의 온기와 커피의 쓴맛과 실내에 흐르는 음악과 그림 속의 선과 색감이 오감 속으로 스펀지처럼 스미는 곳 없어진 나를 우연처럼 만나는 곳 나를 둘러싼 모든 목적이 구름처럼 흩어지는 곳 어느 날 갑자기 카페라는 형식으로 나를 이끌던 곳 반 모금씩 아껴 먹어도 금방 줄어드는 커피에 그윽하게 담갔다가 오는 곳 길의 포로가 되어 있을 때 쉼표처럼 도착하는 곳 왜 갔는지 목적이 생각나지 않는 곳

11월

헐벗은 11월이 온다
검은 장화를 신고 온다
턱선이 싸늘한 11월이다
면도날을 장전한 11월이다
절벽처럼 마주 보는 11월이다
꼿꼿이 서서 견디는 직립의 11월이
바바리코트를 걸치고 젓가락처럼 걸어온다
쓰러지고 싶어도 쓰러지지 못하는 11월이다
외로움과 외로움이 직방으로 마주 보는 11월이다
12월보다 더 추운 11월이다
사람들은 그걸 들키지 않으려고
머플러를 두르고 모자를 쓰고 위장을 한다
연인들은 서로의 허리를 향하여 뱀처럼 스며든다
더 이상 각을 세울 수 없을 때
11월은 12월 앞에 시린 무릎을 꺾는다

나는 아무렇지가 않다, 를 위한 시퀀스

나는 아무렇지가 않다 나는 아무렇지가 않다 피어싱도 아닌 문장이 내 혀끝에 달라붙어 있지만 나는 곧 아무렇지가 않다 아무렇지가 않다 혀끝에 도돌도돌 맴도는 나는 아무렇지가 않다 나는 아무렇지가 않다 주술처럼 반복되는 나는 아무렇지가 않다 나는 아무렇지가 않다 내 혀가 되어 가는 나는 아무렇지가 않다 최근 나는 산을 오르다가 길을 잃어버리는 꿈을 꿨을 뿐이다 여행 가방을 잃어버리는 꿈을 연거푸 꿨을 뿐이다 해몽을 보고 조금 우울해졌을 뿐이다 하지만 나는 재빨리 아무렇지 않게 된다 나는 아무렇지가 않다, 라는 문장이 내 우울을 잡아먹고 공포를 잡아먹고 나는 곧 아무렇지가 않아진다 나는 밥도 잘 먹고 잠도 잘 자고 하루하루가 아무렇지가 않아진다 꿈은 꿈이야 꿈쯤이야 이를 꽉 물면 너끈하게 잊어버릴 수 있다 나는 아무렇지가 않다 정말로 나는 아무렇지가 않다 나를 통째로 집어삼켜 버릴 것만 같은 나는 아무렇지가 않다 나는 아무렇지가 않다

로마로 가는 길

천천히 제발 좀 처언처어어니 가자고 이 청맹과니야 너는
속도의 한 가지 사용법밖에는 배우질 못했구나 여태 속도에
다쳐 봤으면서 속도에 미쳐 봤으면서, 일찍 도착하면 일찍
실망할 뿐 빨리 피는 꽃이 빨리 진다는 말도 이제 그만할게
수직의 길이든 평평한 길이든 우회전도 하고 좌회전도 하
고 슬슬 좀 가자고 길가에 쑥부쟁이 허리가 흐드러져 있으
면 향기의 허리도 휘청 끌어당겨 보고 길 가다가 바람미술
관이 있으면 내려서 바람의 설계도를 관람하다가 또 길 가
다가 배고프면 그 지방에서 가장 오래된 식당에서 탁자 위
에 눌어붙어 있는 시간의 각질과 고양이 낮잠 같은 느린 공
기에 스며들어 보다가 한 집 건너 한 집으로 도열해 있는 카
페에 가서 한 잔의 커피가 있는 풍경에 우리가 천천히 겹칠
때까지 있다가 가면 안 되겠니 로마에 누가 있어서 가는 건
아니잖아 파리로 우회해서 가는 건 어떨까

언어의 난민

평생 단 하나의 이름밖에 가지지 못하는 사람은 아무리
살아도 자기 이름 밖에 갇힌 사람

한 남자가 한 여자를 발견했을 때 한 여자는 불가능성으
로부터 환해졌다 한 남자가 한 여자를 여러 방향에서 질문
했을 때 여자의 선이 살아났다 한 남자가 한 여자를 휘휘 저
었다 여자에게서 버터 향이 피어올랐다 다른 여자가 여자에
게서 음악처럼 깨어났다 그 남자의 여자만 알아듣던 매끄럽
고 낯선 언어를 혀끝에 가만히 깨물고 있으면 그 여자가 황
금빛 게으름으로 나른하게 빛났다 언어 같은 것은 남자와
여자 뒤에서 말똥 냄새를 풍기곤 했다

당신이 내게 "사랑해"라고 속삭이는데 귀지처럼 쌓이는
말발굽 무늬와 질펀한 말 비린내, 내 심장이 뛰지 않는다 지
나치게 윤기 나는 말잔등은 가파르다 위험하다 당신은 박차
를 가하지만 나는 미끄러진다 말고삐를 놓친다 올라타고 싶
지만 내가 겉도는 말 나를 겉도는 말들이 있다

높은 담장, 깊은 그늘

무화과나무에 에워싸여 있던 그 수녀원

보호인지 감찰인지 애매한 포즈의 무화과나무를 바라보며 수녀들이 꽃을 꾹 참고 있었다

검보랏빛 씨방이 부풀 대로 부풀어 올랐다 멈출 수 없는 단내가 기어이 담장을 넘을 때

마귀할멈과 귀부인의 표정을 한 얼굴에 담고 있는 수녀들이 나와서 검은 봉지에 무화과를 따 담았다

수녀들의 눈을 벗어난 무화과들은 나무에 매달려 서서히 말라 가거나 마당에 떨어져 짓무르거나 발에 밟히거나 벌레가 파먹거나

담장 밖으로 떨어져 으깨어지는 무화과도 있었다

높은 담장 아래로 그늘이 깊게 자라고 있었다

수녀원 지하 계단을 따라 내려가면 막힌 동굴 끝에서 봉인된 길이 열렸다 지그재그로 설계된 미로 끝에 고아원과 밀거래상과 홍등가와 산부인과와 입양 기관과 경찰서와 백화점이 탯줄처럼 연결되어 있었다

지하 동굴로 출퇴근하는 말 못 하는 수녀들도 있다고 했다

누구나 알고 있지만 아무도 발설하지 않았다

색안경을 벗고 보면 살겠다는 몸짓과 죽겠다는 몸짓이 같은 동작으로 보였다

성과 속의 경계는 시간이 지날수록 모호하거나 평범해졌다
오른쪽에서 보면 초록의 성역 왼쪽에서 보면 감옥 멀리서
보면 회색빛으로 보이던 그 수녀원

두 발을 땅에 푹푹 심으며 푸성귀를 땄다
초록빛도 지겨워질 무렵 인근 텃밭 저편
도서관 구석진 자리로 내몰린 시집 코너처럼
붉은 백일홍이! 먹거리 일색인 텃밭에 꽃을?
일부러 백일홍 씨앗을 채소와 함께 나란히 파종을?
그것은 텃밭 주인의 공복이 쏘아 올린 꽃
그 어떤 기름진 소출所出을 먹어도
채워지지 않는 허기가 남으니까
공복의 중심은 늘 비어 있으니까, 도넛 구멍처럼
손과 입술에 설탕 가루를 잔뜩 묻히고
지루한 빵의 테두리를 벗어나지 못하는 생의 지경에서
먼 부름에 답하듯 경작했을
우리들의 초상

제4부

처세와 처방

나는 깊은 병에 걸려 있습니다 내 병은 오래된 친구와 같아서 다정할 지경입니다 의사가 내게 붙여 준 병명은 '혼자 있어도 심심하지 않은'입니다 의사는 사람이 약이라고 지극히 외향적인 처방전을 휘갈겨 줍니다 사람을 만나도 내성만 생기는 내게 말이죠 나만 닫아걸면 돼요 내 안에 길들여 놓은 산책로를 걷다가 나의 치타델레로 스며들면 돼요 의사가 문제 삼지 않으면 나의 산책로는 즐거운 놀이동산인데 말이죠 의사는 내 병이 깊다고 병적으로 진단을 내립니다 낡아빠진 청진기로 내 가슴을 퍽퍽 내리치면서 말이지요 즐거움을 밖에서만 찾아야 하나요? 나를 비정상이라고 진단하는 돌팔이 의사의 진료와 처방전이 정말 맘에 들지 않습니다 그렇다고 내가 사람을 걸어 잠그고 사는 건 아닌데 말이죠 만화방창한 봄날엔 사람이 몰리는 쪽으로 스며들기도 하는데 말이죠 문득 사람이 고픈 날엔 사람을 쬐러 나가기도 하고요 그런 날은 사람 때문에 즐거워질까 봐 사람 사이에 따뜻한 길이라도 하나 생기면 외롭고 쓸쓸해질까 봐 살짝 걱정이 되기도 합니다 나 혼자 놀아도 심심해지는 이유를 한 번도 배우지 못했으니까요 이런 나의 처세를 함부로 처방하려고 덤벼드는 의사야말로 강박증 환자 아닌가요 나 '혼자 있어도 심심하지 않은' 병 걸린 거 맞습니까?

내 청춘의 비굴도卑屈圖

　까닭 있는 적의가 내 안에서 가성소오다처럼 부풀어 올랐다 한 번쯤 폭발했어야 할 청춘은 끝내 평화로웠다 무엇이든 닥치는 대로 씹어대지 않으면 부끄러운 피를 견딜 수 없었다 태양은 내 반대편에서 떠오르고 나와 관계없이 졌다 한 번도 격렬하게 싸워 보지도 않고 나는 비열하게 졌다 가족과 한마디도 하지 않는 날이 예삿일이 되었다 말을 점점 잃어갔다 발설되지 못한 말을 기록하려고 펜을 들었지만 저작저작 껌을 더 많이 씹었다 어디로든 취하고 싶었지만 취할 용기도 없었다 가스통이라도 껴안고 불속으로 나를 장렬하게 소화시켰어야 했다 성냥 하나 살 돈이 없어서 끝내 무사했던 내 청춘 그 후 내 생은 아무리 살아도 지리멸렬한 여생이다

나는 별들의 무덤

손금을 들여다본다
손바닥 안에 새겨진 미세한 손금들
무심히 얽혀 있는 듯 보이지만
힘주어 쫙 펼쳐 보면
죄다 붉은 길들이다
내 생의 족적足跡들

사이 *** 박혀 있는 별 모양의 손금들
나도 모르는 사이에 별을 움켜잡고 살고 있었다?

궁금한 것도 간절한 것도 없는 나날들
무엇을 보아도 두근거리지 않는 심장
점점 탁해져 가는 내 눈빛
무엇을 해도 봐도 좀처럼 뜨거워지지 않는 피
아름다운 음악도 맛있는 음식도 향기 나는 꽃도
그게 그거다 그날이 그날이다

이 별들이 내 손아귀에 하나둘 박힐 때부터였을까
운명선 부근에서 별 모양의 손금 또 하나가
희미하게 자리를 잡아 가고 있다

얼굴을 쉬다

한 사흘 집 안에 틀어박혀 있으니
얼굴에서 해방된다
내 얼굴이 내 얼굴이 된다
타인의 시선이 각질처럼 떨어져 나간다

집 밖으로 나가는 순간
얼굴은 내 것이면서 내 것이 아닌 것이 된다
보이고 싶은 나와
보이는 나는 한 번도 일치하지 않는다

얼굴은 붉고 물컹한 낭떠러지
근엄한 표정
무서운 표정
다정한 표정을
장소에 따라 화장과 분장으로 덧칠하며
무기처럼 사용한다

이틀 만에 세수를 했다
해골과 가죽과 살만 오롯이 잡히는 내 얼굴을
오랫동안 씻고 또 씻었다

혹시라도 남아 있는 타인의 시선을
내 얼굴로 함부로 횡단하던 타인의 흔적을 씻고 또 씻
어 냈다

나는 곧 외출을 할 것이다
독자의 손으로 넘어간 내 작품처럼
내 얼굴은 곧 금이 가고 해체되고 해석되고 왜곡될 것이다
나는 또 얼굴을 팔러 나간다

나의 처세술

내가 죽는 꿈을 꾸고 로또를 샀다
대단한 길몽, 이라는 해몽에 귀가 솔깃해지고 마는
나는 속물이거나 세상에 미련이 많은 사람이다
번번이 실패하는 데 성공하는 나는
이번 꿈은 독하게 믿어 보기로 했다

나는 낮에도 눈을 부릅뜨고 꿈을 꾸는 위험한 사람*이 되
어 갔다
집을 바꾸고 차를 바꾸고 내 얼굴을 바꾸고 남편을 바꾸고
지루한 현실도 훌쩍 뛰어넘을 수 있겠다 싶었다
나의 하루하루가 꿈의 요람 위를 둥둥 떠다녔다
정신을 차리지 않아야 견딜 만해지는 현실
씁쓸하지만 이렇게 살아야 살아진다

로또 추첨은 끝났다
나는 로또를 맞춰 보지 않는다
로또를 맞춰 보지 않으면
나는 일주일을 한 달을 1년을 20년을
행복해질 가능성을 사탕처럼 녹여 먹으며 살 수 있다

>
내 지갑 안
꼭 접혀 있는 길몽이라는 패霸 하나

* T. E. 로렌스, 『지혜의 일곱 기둥』 중에서.

대작對酌

내 앞에 참 많이 있구나
어느 난장에서 호기를 부리다 왔는지
어떤 패역한 무리와 영합하다 왔는지
처세와 비굴과 교언영색으로 화장한 얼굴이
내 안에도 돋나물처럼 돋아나는구나
지척에 있으면서 술 한잔 나누지 못했던
짧고 짧았던 손가락을 위하여
밖으로 분분했던 날들을 위하여
자 한 잔 받아라
이 뜨거운 술을 함께 나눠 마시면
우리 목구멍까지 울컥 최단 거리로 만나게 될까
세상 같은 것은 저 멀리 물러가 버릴까
내 앞에 옆에 무릎 위에 술잔 안에서
유령처럼 피어나는 너를 위하여
자 또 한 잔 받거라
참으로 내 앞에 많이 앉아 있는데
무척이나 낯이 섧구나
웃고 있지만 우는 상이로구나
너를 경영할 수 없는 지경에 이르렀구나
옆에 끼고 있어도 도무지

껴입지 못하는 마음의 행방이
자꾸만 겉옷처럼 겉도는구나
이 취기로도 너를 취할 수가 없구나
간신히 불러들인 네 얼굴이
내 앞에 참 많이 없구나

4월 1일

나는 매일매일 4월 1일을 살고 있네 넘겨도 넘겨도 나의 달력은 4월 1일이 거짓말처럼 반복되지 거짓말로 눈을 뜨고 거짓말로 배를 채우고 거짓말을 순산하는 그런 패턴이지 처음으로 발설하는 이 고백만큼은 참말이네 거짓말로도 한 생이 무사히 흘러가더군 그런데 말이야 무사한 만큼 매일매일 패배당하는 기분 당신은 이해돼?

싫은 것을 좋다 하고 좋은 것은 싫다 하고 하고 싶지 않은 일을 억지로 하고 가고 싶지 않은 곳에 억지로 가고 싫은 사람 싫다 못 하고 좋은 사람 좋다 못 하고 억지로 웃고 억지로 울었지 멍든 몸을 빌린 의상으로 가리고 연기하는 단역배우처럼

나는 나를 빗나가네 수천 개의 입술을 형광등 교체하듯 살고 있네 거짓말을 버터처럼 처바르며 살고 있네 내 생이 치렁치렁한 사방연속무늬 새빨간 거짓말이네 한 번쯤은 탄로 날 만한데 두꺼운 분장 밑에 잠식되어 가는 나의 맨얼굴 치욕은 그런 것이더군 — 반성도 없이 하루가 가고 그런 내가 낯설지도 않은

>

거짓말은 거짓말로 통하더군 통이 점점 커지더군 당신
과 내가 같은 패거리이거나 세상이 우리를 검은 페이지에
배치했거나 세상과 내가 한통속이거나 이상하지? 내 삶이
질 나쁜 스토리인데도 나는 날마다 무사하게 저녁에 도착
하곤 하지 내가 나를 밀어낸 자리 거짓말은 거짓말을 비린
내처럼 품어 주고 우리의 밤은 아침을 향해 검은 하수처럼
묵묵히 흘러가고

허기의 환승

　외식을 하고 집으로 돌아오는 전철 안 배가 부른데 고프
다? 내 몸에 내가 속는다 반복되는 이 허기가 혓바닥에서
위장 사이에서 오는 것이라면 산해진미 아래 내 뼈를 묻고
죽어도 여한이 없겠다 책장을 한 장 두 장…… 염소처럼 뜯
어 먹어도 허기는 또 다른 허기를 부른다 내 몸은 욕망의 거
푸집 오늘 빚을 내서라도 모기 눈알 요리를 먹을 걸 그랬나
지금까지 내가 들었던 노래는 모두 옛 노래 한결같은 당신
은 지루해 이제 그만 갈아타고 싶어 나는 욕망이라는 이름
의 드레스 아니 스트레스를 갈아입고 스테레오 타입으로 달
리고 또 달리는 중 - 무엇을 먹어도 무엇을 입어도 누구를
만나도 돌아서면 허기지는 - 나는 욕망의 숙주 수십 겹으
로 부풀려진 욕망의 아가리가 허기虛器 같은 나를 갈아타고
내 안에서 침을 흘리고 있다 "이번에 도착하는 역은 신도림,
신도림역입니다 내리실 문은 오른쪽입니다" 신도림에는 새
로운 품종의 복숭아가 주렁주렁 열려 있을까 칼이 꽂혀 있
는 지옥 같은 도림刀林이 그로테스크하게 펼쳐져 있을까 신
도림역에서 한 노파가 타서 목청을 높인다 "이 지하철은 지
옥철입니다 여러분 예수를 갈아타고 천국으로 가세요" 아무
도 귀 기울이지 않는 저녁 예나 지금이나 신은 먼 곳에 천국
은 더 먼 곳에 있거나 한가 노파의 말이 씨가 먹힐 리가 없

지 저 노파는 남아 있는 생을 탈탈 털어 천국에 맡겨 둔 걸까 수천 번의 허기를 숟가락질했을 노파에게 이 지상은 언제부터 천국으로 환승하는 플랫폼이 되었을까 다음 칸으로 발길을 옮기는 노파의 등 뒤에서 "다음 역은 도림천, 도림천역입니다 내리실 문은……" 도림천역을 향해 가는 전철 안팎에는 수많은 순록 떼들이 건너고 또 건넜을 발자국이 유전처럼 흐르고 또 흐르고

골목의 역사

겨울밤 늦은 공복 채우러 간다
따끈한 소바가 일품이라는 소문 귀에 팔랑 걸고
2호선에서 3호선 바꿔 타고 마을버스 갈아타고
짐승의 아가리처럼 깊고 헐렁한 허기 꾹 감추고 간다
한 그릇의 국수를 찾아서 이 골목 저 골목 기웃대는
꼴이 추하다고 내 안의 궁기가 추궁을 한다
내 생의 지도는 수많은 골목과 밥집을 찾아 전전하는
걸식의 동선이다, 입술에서 위장에 이르는
가장 가깝고도 먼 골목이 내 몸 깊숙이 박혀 있다
갔던 길 가고 갔던 길 또다시 가는
허기의 체위는 수많은 골목과 배를 맞추었다
세 평 남짓한 소박한 메밀국숫집
문을 열자 주인이 미안한 미소로
오늘 분량은 다 팔렸네요 메밀 삶은 물이라도……
진담인 듯 농담인 듯 가만히 잔을 내미는데
하늘엔 메밀 꽃숭어리 같은 눈발이 맥없이 날리고
되돌아 나가기엔 허탈함도 겨운 시간
메밀국수 대신 낯선 이름의 카레우동으로
그 집의 마지막 손님이 되어 늦은 허기를 채우는데

짐승의 내장 같은 골목이 나를 뜨끈하게 품었다가
되새김질처럼 뱉어 내는 어느 추운 겨울날

나의 치외법권

당신들의 아침은 여전히 6시나 7시로 하렴 나의 아침은 10시 20분 즈음으로 할래 독촉하지 마 느리게 일어나는 아침에도 당신들이 놓친 애벌레가 널리고 널렸어 날마다 중언부언하는 TV는 잠시 꺼 두기로 해 구문 같은 신문도 잠시 접어 두기로 해 당신들의 소식과 말투에 감염되기 싫은 아침 지금은 아침만을 위한 아침만을 예배처럼 불러들이는 시간 내게 당신들이 만든 어떤 입김도 엱으려고 하지 마 10시 30분 즈음 원두를 갈고 커피를 내리고 어제 사다 둔 베이글이 있으면 좋고 없어도 좋고 거실 바닥으로 들어온 햇볕에 나를 노릇노릇하게 구워 내면 세상에서 하나밖에 없는 브런치는 이렇게 도착하는 거지 참 오랜만에 소환한 아니 원래 내 것이었던 시간의 영토로 귀환하는 따끈따끈한 아침 12시 10분에서 13시 15분 즈음 어제 아니 오늘 새벽 무정부주의자가 쓴 불온서적 속으로 가던 길 또 간다 내 영혼 늘 고프니까 야금야금 간다 그냥 읽는 동안 목적이 되는 붉게 물든 활자 숲 사이로 심호흡을 하면서 좌우로 치우치지 않도록 실족하지 않도록 마음의 갈피를 빳빳이 세우면 그때쯤 책도 지겨워지지 1+1 세트처럼 덩달아 배도 고파지지 그러면 길 건너 빵집으로 느릿느릿 베이글을 사러 가지 어니언 말고 블루베리 베이글이라야 해 내가 좋아하는 거니까 두 개

를 사서 실실 걸어 집으로 오지 3시 즈음 시간이 가장 느리
게 흐르는 지점 재촉이 필요해 한 달 전 예약한 북해도 아직
안 가서 아름다운 나라 국경은 지금부터 넘어야 아찔한 것
그날 나는 새벽 6시 비행기를 타야 하니까 새벽 3시에는 일
어나야 해 비행기를 타고 유람선을 갈아타고 만년설이 흐르
는 도야 호수를 천천히 횡단하고 늦은 저녁 온천수에 몸을
담그면 그날 나는 내 생애 가장 긴 휴일을 꺼내 쓰는 거지 앗
5시 30분 이제 곧 저녁이 식구들을 데리고 군대처럼 몰려올
시간 나의 벙커여 식구들이 잠든 시간 다시 올게 잠시 안녕

가르마가 있던 자리

지난밤 꿈이 마구 헝클어졌습니다

가르마를 반대쪽으로 옮겨 봅니다
머리칼이 쉬 말을 듣지 않습니다

내가 나를 어찌하지 못하는 내 몸의 지경에서

머리칼의 근성이 뾰족해집니다
빗질을 빗질을 빗질을 하다 보면
가르마가 있던 자리가
대나무 숲처럼 묵묵해질 날도 오겠지요

내 몸에 가느다란 길 하나 세우는 데 10년 걸렸습니다
그 길 덮는 데도 10년쯤 살아 보면
내가 키운 헛꽃 하나 묵묵하게 품었다 할 수 있겠습니다

장기 없는 토막 시신 유기 뉴스와
황산 테러 뉴스가 동시다발로 터집니다
내 일이 아닌데 내 일처럼 들리는 먼 소식에
머리칼이 곤두섭니다

＞

반대쪽으로 머리를 빗어 넘깁니다

가르마가 있던 자리가 뻐근해집니다

이번 겨울이 오래갈 거라는 앵커의 목소리가

이명처럼 솨-앙 솨-앙 울리는 겨울밤입니다

감

시가 잘 써지지 않는 밤이다, 실은
밤이나 낮이나 아침이나 매일매일이 그렇다
말랑말랑하게 달궈 놓은 감정 없이 막무가내
노트북 앞에 말단 공무원처럼 앉아 있는
나는 이십 년 차 장기근속 감정노동자
정신의 노역 없이는 한 줄도 써지지 않는다, 라는 말과
몸은 거짓말을 하지 않는다, 사이에서 머리를 쥐어짠다
감이 내 머리부터 발끝까지 좌르르– 부팅되기를
나쁜 남자처럼 나를 와락! 덮쳐 주기를 고대하며
"어디 감나무 아래서 24시간, 아니 48시간 입 벌리고 있어
봐라, 감이 오나! 머리 아프지, 허리 아프지, 입술만 타지"
감은 눈꼬리 내리깔고 나를 이렇게 비웃고 있을지 몰라
애걸복걸 애를 써도 감은 쉽사리 오지 않는 야멸찬 손님
어쩌다 와도 곧 떠날 채비를 하고 오는 손님
그 까칠한 손님을 우격다짐으로 기다리고 있자니
노트북 안에 채워지는 글씨보다
발밑으로 떨어지는 머리칼이 더 많다
불발된 화살처럼 바닥에 뒹구는 머리칼들
내 모양새가 길들여지지 않는 늙은 말을 타고
먹잇감을 향해 막무가내 화살을 퍼붓는 궁사弓師 같을까

116

나는 이십 년째 내 감정을 겨냥하고 있는 중인지 모른다
발끝부터 머리까지 올라오는 긴 장화를 단번에 꿰신듯
전광석화 같은 감은 아닐지라도
무명이 물을 먹듯 감각의 끝단을 밟고 자박자박 오시기를
나는 커서처럼 깜박이고 있다
고독이 나를 예인하는 이 밤
누가 내 감정을 감정하는 것도 아닌데
어쩌다 나는 감의 노동자가 되어

이 편한 세상

두 번째 시집 『수작』에 대한 답신이 왔다
손가락 몇 번 까닥거리면
순식간에 안부가 전송되는 이 편한 세상에
우체국 소인이 꽝꽝 찍힌 답신들
두근두근 개봉해서 읽는 기분이란
메일로 온 편지를 읽을 때의 기분과는 사뭇 다르다
그야말로 보낸 이의 육필 그 자체가 수작手作이다
그렇다고 메일로 온 답신이 섭섭하다는 것 아니지만
손으로 꾹꾹 눌러쓴 투박한 필체에서는
보낸 이의 마음의 즙이 뚝뚝 흘러내린다
그 흔한 바탕체나 굴림체 또는 한컴 돋움체로는
따라잡지 못하는 만년필의 농담濃淡이 꿈틀 살아 있다
그 필체를 다정다감체라 부를까
마음흘려넘침체라고 부를까
메일로 아니 그냥 전화 한 통이면 해결될
이 편한 세상 잠시 뒤로 접어 두고 그는
일부러 다리품을 팔고
일부러 어느 문방구에 들러서 편지지나 카드를 골랐을
것이다
그 육필 편지들 우체통 안에서 숙성하느라고

세상 모든 우체통들은 붉게 변해 버린 것이다

잉크 향이 농밀하게 번지는 육필 편지를 읽으며

올리브나무의 깊고 오래된 내력을 천천히 음미해 본다

겨를

귀뚜라미 무릎 뒤에서 음이 톡톡 튑니다
그 명랑한 무릎에 탁한 귀를 내려놓고
묵은 베개를 꺼내 햇볕 아래 이리저리 굽고 있으면
내 폐부와 심장과 간도 햇볕 아래 널어놓고 싶어집니다
오늘 이 시간 나는 아무것도 안 해도 되는 사람
모처럼 도착한 여기餘機
쓰고 남은 햇볕이 득달같이 끼어들고 달라붙고 스며듭니다
울안 토란대에 보랏빛 살집이 차오르고
담 너머 생선 굽는 냄새가 타닥타닥 익어 가고
찻물 내리는 소리가 찻잔에 무심하게 번지고
평상에 스멀대던 바람이 내 발가락을 천천히 어루만지면
내 눈은 순하게 감기고 입꼬리는 저절로 올라가고
아 나는 이렇게 쉬운 일에 멀어져 있던 사람
분주함의 인질이 되어 어디론가 미쳐 가던 사람
후생厚生은 가까이에서 나를 기다리고 있었는데
크고 튼튼한 가방 구입하는 데로 나를 끌고 다녔습니다
잉여 같은 햇볕이 보란 듯이 내 무릎 위로 흘러넘칩니다

필경

원고료 대신 호미가 왔다
상추랑 깻잎이랑 심어 먹고 건강을 경작하라는 뜻일까
척박한 내 정신의 고랑을 갈아엎으라는 경고일까
요즘 〈아마존〉에서도 대박 난 이것이
어느 쪽으로 살펴봐도 뾰족하게 나를 겨냥하고 있는데
기왕 호미를 보낼 거면 땅도 좀 딸려 보낼 것이지
이참에 정원 딸린 남향집으로 이사라도 갈까
내겐 손수건만 한 텃밭도 없으니
거실 풍경화를 떼어 내고 그 자리에 호미를 걸어 둘까
그러면 우리 집이 초현실적인 공간으로 바뀔 건가
거실이 밭을 매고 벌과 나비를 파종할 텐가
생활과 예술의 간극 사이 호미는 글밭부터 일구는데
필통 옆에 호미를 나란히 두니
펜은 어쩐지 낡은 필기구 같고
호미는 새 필기구 같다
써도 써도 레디메이드 같은 내 인생
어느 방향으로 돌려봐도
필경 호미의 날카로운 끝은 골똘한 질문 같은데
어느 날 원고료로 탱크가 도착한다면
어느 날 원고료로 보잉 747이 도착한다면

허공이 내게 젖은 손을 얹어 올 때

뒷굽이 낮은 구두에 손이 간다 높이에서 내려오자 팽팽하던 허리선이 서서히 무너진다 발뒤꿈치가 지구의 둥긂과 닮아 간다 나뭇잎 하나가 내 어깨를 툭! 쳤다

맨얼굴을 기억할 수가 없다 노력하지 않아도 나는 나를 놓친다 얼굴을 덧칠하는 내 손길이 강박처럼 빨라진다 기능성 화장품 목록이 주름처럼 늘어난다 나는 천천히 메꿔지거나 희박해지거나

늘 다니던 길 밖으로 눈길이 분산되었다 햇빛과 십자가 그리고 나의 후룬구동 늙은 상어 한 마리 지느러미에 물때가 끼기 시작했다 손아귀를 빠져나가는 물길의 중심으로 쉽사리 돌아오지 않는 내 발길 뒤로 걷는 버릇이 생겼다

꽃인지 잎인지 모를 화분 하나를 샀다 붉음이 오래갈 거라는 꽃 장수의 말이 아득히 들렸다 넓고 큰 운동장을 하염없이 걸어가라는 말처럼 들렸다 푸른색을 밟고 붉은색으로 계단처럼 번져 가는 이파리들이 허공을 부역처럼 받들고 있다

>

　녹말가루 같은 피곤이 온몸에 쌓인다 가도 가도 목적지에
도착하지 않는 꿈이 반복된다 반복된다

떨어진다

떨어진다 떨어진다 나뭇잎이 떨어진다 기다렸다는 듯 떨어진다 춤을 추며 떨어진다 발가락을 꼿꼿이 세우고 떨어진다 알록달록 떨어진다 한 잎 두 잎 피날레를 날리며 떨어진다 허공을 무대로 사용하며 떨어진다 가장 화려할 때 떨어진다 흔적을 남겨 놓고 떨어진다 바닥을 환하게 일으켜 세우며 떨어진다 최선을 다해서 떨어진다 추락의 자세가 저렇게 아름다워도 되나 사람들 눈길을 싹싹 발라내며 떨어진다

봄 여름 가을 겨울 없이 떨어진다 가만히 있다가 떨어진다 전화를 받다가 떨어진다 이를 악물고 버티다가 떨어진다 밥을 먹다가 떨어진다 뒤통수를 맞고 떨어진다 떨어진다 떨어 떨어 떨어진다 출근하듯이 떨어진다 퇴근하듯이 떨어진다 낙법을 배우기 전에 떨어진다 바닥이 보이지 않는데 떨어지고 떨어지고 떨어지고 떨어진다 나의 계절은 푸른 절벽 아래로 뒷걸음질 치다가 떨어져 죽은 검은 소의 가죽을 벗겨 만든 채찍 진다 진다 머릿속까지 탈탈 털리며 떨어진다

124

권태

눈만 뜨면 브레이크가 없는 장면이 반복된다
나는 만원 버스에 탑승하고 있다
내리는 사람도 타는 사람도 없는
속도가 목적인 듯 달리는 버스다
갈 데는 달라도 갈 때까지 가 보자는 사람들
버스에서 결혼식을 하고 아이가 태어나고 노인이 죽고
버스가 커브를 돌면 사람들은 커브와 한 몸이 된다
흔들리는 버스에서 나는 중심을 잡으려고 손을 뻗는다
허공을 휘저어도 손잡이가 없다
버스 기사가 안내 방송을 한다
이 버스는 휴게소에 들르지 않습니다
아무도 이의 제기하는 사람이 없다
노선이 힘이 세거나 미래가 힘이 세거나
창밖에 수많은 버스가 같은 방향으로 달리고 있었다
어떤 버스를 탔어도 달라질 건 없었을

이번 생은 내내 입석이다

정적을 사다

허약한 정신을 둘러업고 처방처럼 찾아온 곳 100시간에 125,000원 하는 정적 속으로 나를 밀어 넣는다 정적이 나를 전신 스타킹처럼 껴입는다 관자놀이가 파랗게 띈다 지금 나에게는 90시간 10분의 정적이 남아 있습니다, 하고 콘크리트 벽 앞에서 뾰족한 결의를 다져 본다 정신의 날을 벼르는 포즈가 과하고 쓸쓸해도 내가 내게 거는 옵션

이 무인 카페는 1/N의 정적을 공공으로 연대하는 곳 CCTV가 공중에서 관리 감찰하는 곳 – 타인의 정적을 침범하지 말 것 정적을 함부로 낭비하지 말 것 정적이 적막이 될 때까지 의자를 뜨겁게 달굴 것 죽여줄 것 모든 소리란 소리는! – 노선은 각각 달라도 1인용 정적을 장착하고 꿈에 박차를 가하는 사람들

며칠 전 정적의 밀도가 지나치게 촘촘해서 어떤 회원이 정신을 놓아 버린 적이 있다 그가 코까지 쌕쌕 고는 바람에 정적에 커다랗게 구멍이 뚫렸다 놀란 정적이 발버둥을 치고 회원들 귀가 코끼리 귀만 해지고 정적이 와르르 무너져 내리기 직전 어디선가 주인이 나타나서 정적을 급히 수습하고 떠나갔다 정적에 숨이 막힐 지경일 때는 휴게실로 가서 소리를 맘껏 씹어 먹을 것! 거기서만큼은 최대한 볼륨을 높여서

오늘 네 시간째 정적을 소비 중이다 내 몸이 의자의 일부
가 되어 간다 이곳은 유배도 유폐도 아닌 적막하고 소슬한
나의 제단 아니 계단, 내 머리 위로 제의처럼 계단이 자란
다 계단을 오르고 또 오르는 내 몸 어디엔가 콘크리트 숲이
양생한 바코드가 찍혀 있다 공기청정기가 정적을 순환시키
고 있다 산세비에리아가 정적을 힘껏 빨아 당겼다가 내뱉는
다 수직의 잎맥이 허파처럼 부푼다 고밀도의 정적이 내 등
뼈를 타고 수액처럼 흐른다

의자에 나를 심어 놓고

뭉뚝 잘린 미나리 밑동을 막그릇 안에 던져두다
유기도 방치도 아닌 먹먹한 심사心思로
미나리와 같은 공간 같은 조명 아래
있다 견딘다 버틴다
딱딱한 의자에 나를 심어 놓고
수십 톤의 허공을 머리에 이고 촉이 오길 기다린다
기다린다 하루 이틀 사흘……
내 몸은 의자의 일부가 되어 간다
이 쓸쓸하고 독한 우주에 아무렇게나 내던져져
죽지도 자라지도 않는 나는
소란스러운 적요와 목적 없는 여일과 지긋지긋한 권태
로부터
수없이 달아나다가 막장 같은 의자에 도착해
포기하는 힘에서 싹 틀 힘을 연고처럼 짜내고 있다
1센티 2센티 3센티……
조명을 거머리처럼 빨아먹으며 미나리가 자란다
미나리 싹이 밀어낸 허공이 싱싱하다
생의 어떤 명을 수행하는 것도 아니면서
조명 아래서 수없이 눈빛을 절뚝거리면서
발전하지도 진화하지도 않으면서

있다 견딘다 버틴다 산다
내 안에 무겁고 외로운 눈꺼풀을 가진 한 사람이
딱딱한 의자에 나를 심어 놓고
잘하고 있는가, 하고 묻는다
미나리 싹을 잘라서 갈아 마신다
내팽개칠 수도 온전히 껴안을 수 없는
가족 같은 적막이 푸른 눈을 껌벅인다

추천

그네를 보니 올라타고 싶다 그네를 보니 흔들리고 싶다 오후 다섯 시 남아도는 셀로판지 같은 햇살들아 오후 다섯 시 십 분 퇴근을 서두르는 햇살들아 오후 다섯 시 이십 분 아보카도 오일 같은 햇살들아 미끌미끌 나를 밀어 다오 내 발이 스펀지케이크처럼 부드러워질 때까지 나를 밀어 다오 아니 아니 등때기에 시퍼런 멍이 들도록 나를 힘차게 밀어 다오 이 땅에 부동자세로 서 있는 모든 것들아 내가 질식할 지경이니 부드러운 곡선이 넘실대는 저 허공으로 내 발을 담그게 해 다오 봄이 오는 방향으로 나를 탱크처럼 밀어 부쳐 다오 내 머리에서 푸른 피가 분수처럼 피어나게 박차를 가해 다오 내 안의 흔들림이 깨어날 때까지 나를 휘휘 저어 다오 여기 말고 저기로 동이 서에서 멀듯이 남이 북에서 멀듯이 나를 멀리 밀어 다오 이 봄의 고삐를 놓치지 않게 분홍이 번지는 저 너머로 나를 밀어 다오

해 설

언어로 부화된 새로운 세상

김동원(문학평론가)

1

시란 무엇인가? 때로 시인의 시가 그에 대한 답이 되어
줄 때가 있다. 김나영의 세 번째 시집 『나는 아무렇지도 않
다』에서도 그러한 시를 만날 수 있다. 시는 "계란이 부화하
면 닭밖에 안 된다"는 구절로 시작된다. 우리의 일반적 인
식 속에서 계란은 부화하면 닭이 된다. 부화로 맺어지는 그
둘의 인과관계가 시인에게선 계란의 가능성에 대한 제한이
되고 있다. "닭밖에 안 된다"고 말하고 있기 때문이다. 그렇
다면 또 다른 가능성이 계란에 있다는 말인가.

시는 그 가능성의 예를 말해 주고 있다. 매개가 되는 것
은 언어이다. 시인은 "프라이팬 밖에서 계란은 깬다 깨진다
터뜨린다 등의 서술어와 만나서 닭 아닌 그 무엇이 된다"고

말한다. 수긍할 수 있다. 김나영에게선 계란이 계란을 고집하지 않고 계란을 버릴 때 무수한 부화의 가능성이 열린다.

계란은 계란을 버리고 이름을 버리고 껍질도 벗어 버리고

계란은 쥔다 던진다 겨냥한다 등의 결의와 목적과 의기투합할 때 날개가 돋는다 하늘을 난다 프라이팬보다 더 뜨거운 광장의 불타는 주먹이 된다 고소한 주먹이 된다 자동차 건물 검은 머리 철면피 양복 넥타이를 타고 비릿하게 흘러내릴 때쯤 들끓던 공분公憤이 숨을 고른다
                                        ─「이것은 계란이 아니다」부분

시인은 계란의 부화를 생물학적 차원에 묶어 두지 않고 언어적 차원으로 옮긴다. 그러자 우리들이 부쳐 먹던 계란 프라이가 계란의 또 다른 부화가 되고, 어느 철면피를 향하여 던지던 계란 또한 공분으로 부화하여 또 다른 세상을 연다. 계란은 더 이상 깨지지도 않는다. 다만 껍질을 벗어 던질 뿐이다.

나는 묻지 않을 수 없다. 혹시 시란 언어를 매개로 계란을 수없이 다른 모습으로 부화시키는 일이 아닐까. 시인이란 그들의 체온으로(아마도 언어의 부화에 필요한 그 체온은 시에 대한 열정에서 오는 것이 아닐까) 세상을 품어 다른 모습으로 부화시키는 사람들이 아닐까. 만약 그렇다면 김

나영의 시는 그가 부화시킨 세상이다. 그 세상은 계란이 닭 밖에 되지 않던 생물학적 세상의 한계를 넘어 새롭게 열린 다. 그의 시를 살펴본다는 것은 그 새로운 세상을 살펴보는 일일 것이다. 그 세상으로 걸음해 본다.

2

아주 평범한 풍경으로 시작하기로 한다. 나뭇잎이 떨어 지고 있는 풍경이다. 흔하고 익숙한 풍경이다. 무슨 새로움 을 기대할 수 있겠는가. 더구나 풍경은 큰 변화가 없어 보 인다. 변화가 없다는 측면에서 떨어지는 나뭇잎은 움직이 고 있으면서도 굳어 있다. 이 굳어 있음은 이중적이다. 풍 경 자체도 큰 변화가 없지만 풍경을 전하는 언어도 마찬가 지이다. 그런데 그렇질 않다. 김나영의 시에선 이 무료하고 반복적인 풍경을 두고 끊임없는 변화가 이어진다.

떨어진다 떨어진다 나뭇잎이 떨어진다 기다렸다는 듯 떨
어진다 춤을 추며 떨어진다 발가락을 꼿꼿이 세우고 떨어
진다 알록달록 떨어진다 한 잎 두 잎 피날레를 날리며 떨
어진다 허공을 무대로 사용하며 떨어진다 가장 화려할 때
떨어진다 흔적을 남겨 놓고 떨어진다 바닥을 환하게 일으
켜 세우며 떨어진다 최선을 다해서 떨어진다 추락의 자세

가 저렇게 아름다워도 되나 사람들 눈길을 싹싹 발라내
며 떨어진다

―「떨어진다」 부분

"떨어진다 떨어진다 나뭇잎이 떨어진다"고 했으니 나뭇
잎이 그냥 떨어지고 있는 것이 아니다. 어떤 리듬을 타고 떨
어지고 있다. 떨어진다는 반복된 언어가 그 리듬을 만들어
낸다. "기다렸다는 듯 떨어"지고 있으니 아울러 나뭇잎은
때를 맞춘 절묘함과 함께 떨어진다. "알록달록 떨어진다"고
한 것을 보면 아마도 가을이었던가 보다. 잎은 떨어지면서
계절을 알린다. "허공을 무대로 사용하며 떨어"지고 있으니
떨어지는 잎들은 공연에 방불하고도 남음이 있다. 그 공연
이 어떤 공연인지는 먼저 내민 '춤'이라는 말이 알려 주고 있
다. 잎이 떨어진 바닥은 환하다. 잎의 색으로 바닥이 덮였
기 때문일 것이다. 그 색으로 인하여 마치 바닥이 일어나는
듯한 느낌마저 불러온다.

나는 잠시 혼란에 처한다. 혹시 잎은 잎이면서 동시에 언
어인 것은 아닐까. 잎은 언어일 때 잎이라는 언어로 고착되
는 것이 아니라 또 다른 언어로 거듭날 수 있는 것은 아닐
까. 떨어진 잎들이 쌓여 있을 나무 밑을 살펴보면 혹시 잎
이 아니라 언어가 수북이 쌓여 있는 것은 아닐까. 만약 그렇
다면 시를 읽는다는 것은 시인이 고착된 일상의 언어를 뒤
흔들어 새롭게 열어 놓은 세상을 체험하는 일이다. 그 세상
에선 나뭇잎이 언어의 반복을 따라 리듬을 타고 춤을 춘다.

그 세상에 일상의 지루함은 없다.

일상의 세상에선 언어와 함께 세상에 대한 인식들도 고착화되어 있는 경우가 흔하다. 잡초에 대한 인식도 그렇다. 잡초는 흔히 끈질긴 생명력에 대한 예찬과 함께 우리의 입을 오르내린다. 잡초에 대한 긍정적 시각이긴 하지만 그렇다고 해도 그런 시각은 너무 식상할 정도로 반복되고 지속되었다.

김나영이 전하는 잡초의 세상은 좀 다르다. 시인은 "지난여름 기습적 폭우가 한강 산책로를 짓밟고 지나"간 뒤 "낭창낭창한 꽃대를 자랑하던 꽃길이 곤죽이 되"고 "구청 관리들이 그 자리에서 머리를 맞대고 있을 때/ 매복하고 있던 야생이 먼저 숟가락을 꽂"는 것으로 그곳을 점령했다고 전하면서 잡초 이야기를 시작한다. 그때의 잡초는 끈질긴 생명력이 아니라 불량기 어린 모습으로 우리에게 얼굴을 내밀고 그 모습의 뒤로 치밀한 조직을 숨기고 있다.

강아지풀, 돌피, 개밀, 가는털비름, 털빕새귀리가
'인디언 사회에는 잡초라는 말이 없다'는 전언 앞세우고
낡음낡음한 멜빵바지에 손가락 삐딱하니 찔러 넣고서
동네 건달처럼 짝다리를 짚고서 건들건들 헝글헝글
그 행색이 하나같이 시시하고 껄렁껄렁해 보이지만
트릭이다, 저들은 야생당野生黨이 키우는 비밀 병기다
봐라, 강아지풀 외엔 암호 같지 않은가, 저 이름들

화가 폭발하면 아스팔트도 씹어 먹는 녹색 괴물들이다

조명발 한 번 받아 본 적 없지만 저 분야의 베테랑들이다

끝났다 싶을 때 Coming Soon을 외치고 다시 돌아오는

어디에 던져 놔도 누대를 거둬 먹이는 튼실한 흙수저

들이다

—「내 이름은 파랗게 일렁이는 발목」 부분

잡초의 세상이 이렇게 열렸을 때 우리가 누릴 수 있는 것은 재미이다. 시 속의 잡초는 "껄렁껄렁해 보이"는 모습으로 불량기를 흘리지만 그 불량기가 우리에게 위협이 되지는 않는다. 뒤에 "야생당"의 조직이 있다는 얘기도 우리에겐 또 다른 재미가 된다. 시는 매번 잡초만 보면 끈질긴 생명력만 말하던 하품 나던 세상을 좀 더 재미나게 바꾸어 놓는다.

잡초에 이어 이번에는 "테니스장 담장 틈"에 "잉여처럼 피어 있"는 "이름 모를 꽃 한 송이"를 살펴보기로 하자. 거의 누구의 주목도 받지 못할 것이다. 세상에는 그런 꽃이 흔하고 흔하다. "아무도 눈길 주지 않는 곳"에 피어 있어 "환호작약"과는 인연이 먼 것이 그 꽃의 삶이다. 그 때문에 꽃이 "핀 줄도 모르고 피어 있다"는 생각이 들게 만든다. 시인이 그 꽃을 시의 세상으로 데려온다.

수백 근의 적막을 머리에 이고

별들의 기울기에 눈빛을 맞추려고

온몸 혹독하게 뒤척였겠다

테니스공에서 튕겨져 나온 햇살을 젖을 빨듯 끌어당겼겠다

비바람과 천둥이 건달처럼 다녀갔겠다

화려함과 향기가 부실해도

사람들 눈길이 닿거나 말거나

누가 이름을 불러 주거나 말거나

제가 주인인 줄도 모르는 꽃이

최선을 다해 피어 있다

—「길가에 널리고 널린 이야기」부분

꽃이 "머리에 이고" 있는 "수백 근의 적막"은 하늘일 것이다. 지상에 사는 모든 식물은 그것이 어디에 있든 하늘을 머리에 이고 있다. 눈에 띄지 않는 곳에 있다고 하늘로부터 배제되는 식물은 없다. 하늘만이 아니다. 별빛과 햇살, 비바람과 천둥이 그 꽃과 함께했을 것이 분명하다. 자연의 그 어느 것도 구석진 곳에 피었다고 꽃을 외면하진 않는다. 시의 세상에선 외진 곳에 핀 꽃도 그 모든 것을 감당하며 "최선을 다해" 그 자리에 핀다. 꽃은 "제가 주인인 줄도 모르"고 피어 있지만 그 꽃의 주인이 꽃 자신이란 사실을 시인은 알아보며, 그때 세상 모든 것의 주인이 그 자신인 세상이 열린다. 그것이 시의 세상이다.

시인은 꽃이 감당했던 하늘과 별빛, 햇살을 알아보는 한

편으로 그 꽃과 같이 살아가고 있는 사람들이 이 세상에 흔하게 있다는 것을 안다. 시의 마지막엔 아파트로 들어서는 장사 트럭이 자리하고 있다. "목울대 힘껏 뽑아 올리고/ 아파트로 진입하는 확성기 소리"가 그 장사 트럭이 왔음을 알려 준다. 그 트럭의 자리엔 시인이 지금까지 말한 이름 없는 꽃이 중첩된다. 하늘과 별빛, 햇살, 비바람과 천둥을 감당하며 살아온 꽃의 세상이 비슷한 위치의 트럭 장수로 확장되는 순간이기도 하다. 시의 세상에선 외진 곳에 핀 꽃과 가끔 아파트를 찾아와 무엇인가를 팔고 가는 트럭 장수가 모두 제 삶의 주인이 된다.

이번에 조금 더 널리 알려진 과일 얘기로 옮겨가 보기로 한다. 그 과일은 무화과이다. 대개 무화과는 사람들 사이에서 꽃이 없는 과일로 알려져 있다. 김나영은 그 사실이 놀랍다. 시인은 그 놀라움을 다음과 같이 표현하고 있다.

꽃 피는 시절을 건너뛰고 과일에 도착할 수 있다니

―「무화과」 부분

대개의 사람들에게 무화과는 꽃이 없는 과일이지만 시인은 그 사실에 놀라움을 표하면서 무화과를 "꽃 피는 시절을 건너뛰고 과일에 도착할 수 있"는 과일로 변환한다. 이는 단순한 변환이 아니다. 이 변환이 세상을 보는 시각에 영향을 미치기 때문이다. 대개 모든 과일은 꽃 피는 시절을 거쳐 과일이 되며, 꽃은 그 꽃에서 영글 과일이 어떤 것인지를 짐작하게 해 준다. 가령 감꽃이 피면 감이 열리고, 배꽃이 피면 배가 열린다. 그러나 무화과는 과일을 짐작하게 해 줄 수 있는 꽃이 없다.

사람은 꽃이 있는 과일보다 꽃이 없는 무화과에 가깝다. 성으로 사람의 성적 정체성을 짐작할 수 없을 때가 있다는 점에서 그렇다. 시인은 그런 경우를 "뒤엉켜 버린 몸"이라고 말하고 있다. 좀 더 구체적으로 "살다가 어느 날 갑자기 바지 안에서 여자가 돋아"나고 "살다가 어느 날 갑자기 치마 안에서 남자가 돋아"나는 경우이다. 무화과는 그런 면에서 "밖으로 한 번도 발설하지 못했던 꽃"을 갖고 있는 독특한 과일이다.

무화과를 과일로 생각지 않는 사람은 하나도 없을 것이다. 무화과가 과일이라면 소수의 성정체성을 가진 사람들도 모두 사람이다. 사람들의 세상에선 성소수자가 차별받고 혐오의 대상이 되는 일이 자주 벌어지지만 시 속의 무화과 세상에선 그들도 모두 다를 것 하나 없는 똑같은 사람이 된다. 혹시라도 성소수자에 대한 차별이나 혐오 의식을 갖고 있는 사람이 있다면 무화과는 과일이 아니라는 얼토당토 아니한 주장을 하고 있는 것이나 다름없다.

이번에는 이름은 있으나 너무 흔해서 주목받지 못하는 꽃으로 넘어가 본다. 민들레가 그런 꽃 중의 하나이다. 시인은 그 민들레를 "톱니처럼 생긴 꽃"이라고 말한다. 민들레는 여러 가지 속성을 갖고 있다. 하지만 시인에겐 톱니처럼 생긴 모습이 눈에 들어왔다. 꽃이 그런 모습으로 눈에 들어오자 꽃은 톱니처럼 맞물린다. "민들레가 맞물려서피어나고맞물려서피어난다"고 한 것은 그 때문일 것이다. 민들레에 대한 시각은 그다음 인식을 제어한다. 시각과 인식의 전후 관계는 그 순서의 우선 순위를 정확히 가리기는 어렵다. 맞물린 모습이 먼저 보이고 그 모습에서 톱니가 보였을 수도 있다는 뜻이다.

시인은 또 민들레를 가리켜 "꽃이 꽃을 길어 올린다"고 말한다. 처음에는 지면 가까이 붙어 있다가 꽃대를 길게 빼면서 날아갈 준비를 하는 민들레의 속성에 주목한 결과로 보인다. 민들레의 왕성한 번식력은 "아무 곳 아무 데로 전투적으로 번 져 간 다 번 져 간 다"는 말 속에 요약되어 있다. 이러한 민들레의 번식력에 인식은 전혀 다른 방향으로 번진다. 인간과의 비교로 이어져 있기 때문이다.

번식력에서 민들레 못지않은 인간은 그 번식력으로 자연을 훼손하고 지구의 자원을 고갈시킨다. 그런데 민들레는 그렇질 않다. 민들레는 그 왕성한 번식력에도 불구하고 "대기에 미세먼지 하나 남기지 않"으며 "석유 한 방울 사용하지 않"는다. 번식력을 말하면서 시인은 민들레를 인간과 구별한다. 인간이 이 지구를 점령하다시피 번식한 뒤끝에선 온갖 전쟁과 싸움이 이어졌다. 그러나 민들레는 그 전쟁의 상처를 봉합한다.

인조석과 활주로를 가볍게 넘는다 총 칼 없이 미사일 없이 드론 없이 국경과 바다를 건너

방글라데시 로힝야족 난민들 가슴에 뿌리를 내리고 발아를 기다린다 시리아 홈스 주택가 주인 잃은 신발 안에도 뿌리를 내리고 상처 난 대지를 꽃으로 봉합한다

—「원정」부분

민들레가 인간이 남긴 전쟁의 상처를 봉합할 수는 없을 것이다. 그러나 민들레를 상처를 봉합하는 "비폭력적인 이데올로기"의 상징으로 삼는 것은 얼마든지 가능하다. 그것이 시인이 할 수 있는 평화의 걸음일 것이다. 시인이 여는 시의 세상에선 민들레에 대한 부분적 시각이 인간과의 비교를 통해 인식의 지평을 확대하고 그런 확대된 인식이 평화의 걸음이 된다. 그러면 민들레가 퍼져 갈 때 세상의 평화도 기대할 수 있는 괜찮은 세상이 온다.

3

김나영이 시를 통해 여는 새로운 세상을 주로 자연을 통해 살펴보았다. 자연이 잠언을 발하면서 새로운 세상을 열어 줄 때가 많긴 하지만 그래도 인간은 많은 시간을 인간과

부대끼면서 살아가고 있다. 김나영의 시에서도 때문에 인간과의 관계를 다룬 시들이 자주 눈에 띈다.

노숙인에 대한 두 편의 시를 먼저 살펴본다. 우리에게 노숙인은 집에서 쫓겨나거나 집을 나와, 혹은 집이 없어 거리에서 살게 된 사람이다. 그러나 시인이 "쇠할 대로 쇠한 그의 남루한 행색을 이제 아무도 거들떠보지 않"게 된 한 노숙인을 말할 때 우리는 또 다른 사실을 알게 된다.

> 사람이라는 처소에 세 들어 살다가 서서히 망가져 가는
>
> 그 모습이 귀환의 신호인지 소멸의 자세인지 알 수 없지만
>
> ─「시베리아 숲에서 온 사람」 부분

시인은 노숙인이 "사람이라는 처소에 세 들어 살다가 서서히 망가져" 버린 사람이란 점을 환기시키고 있다. 시인의 전언에 따르면 사람의 몸은 일종의 집이 된다. 허물어진 집에는 사람이 거처할 수 없다. 노숙인의 몸은 허물어진 집과 같다. 그런 면에서 인간은 두 가지의 집에 산다. 하나는 몸이 기거하는 주거지로서의 집이며, 아울러 몸 자체 또한 집이다. 그 둘 모두에게 쫓겨났을 때 우리는 노숙인이 된다. 몸은 우리의 것 같지만 우리는 몸에서도 쫓겨날 수 있다.

또 다른 노숙인을 만나 본다. "〈24시 편의점〉 붙박이 탁자 구석에서"에서 "복권을 긁"고 있는 "한 노숙자"가 그이다. 시인은 그 노숙자의 꿈을 "포르말린 같은 희망"이라고

말한다. 방부제가 된 희망이니 오래전에 썩어 사라졌을 희망을 방부제를 통해 지탱하고 있다는 뜻이 된다. 그 희망이 이루어질 가능성은 기적에 가깝다. 그런데 사실 그의 세상에선 기적 같은 놀라운 일이 벌어지고 있다. 그 놀라운 일을 시인은 이렇게 전한다.

머릿니가 득시글득시글댈 것 같은 그의 머리와 거무튀튀한 손가락 위로 수천 킬로의 허공을 통과한 햇빛이 쏟아진다 창밖에는 노오란 국물 같은 산수유가 팡팡 터지고
—「아무도 돌아보지 않는 계절」 부분

놀라운 일이란 편의점 바깥에 가득한 햇살과 만개한 산수유꽃이다. 말하자면 노숙인의 바로 눈앞에 눈부신 봄이 와 있다. 복권에 당첨되지 않아도 누구에게나 주어지는 것들이다. 노숙자가 복권을 통해 복권하고 싶은 삶이 있다고 해도 그 삶이 그보다 더 눈부실 수 있을까. 실상 세상에는 기적 같은 일이 일상의 이름으로 벌어진다. 그렇지만 복권에 대한 희망은 세상에 기적 같은 일이 벌어지고 있는데도 그것을 보지 못하게 가로막는다. 시는 기적을 바라며 복권을 긁는 사람의 옆에서 매년, 그것도 바로 우리의 곁에서 어김없이 벌어지고 있는 기적 같은 봄을 전한다.

보통 우리는 아는 사람이 많아 인간 관계가 넓은 경우, 사회성이 좋은 사람이라고 말하면서 긍정적으로 평가한다.

하지만 아는 사람이 많다는 것이 과연 좋은 일일까. 김나영의 시 속에선 험담을 해도 아는 사람들이 험담을 한다. 하긴 모르는 사람이 어떻게 험담을 하겠는가.

어떤 허물이 실 뭉치처럼 함부로 부풀 때까지 지척에서
신물 나게 맛보고 즐기고 뜯더군 팔천구백칠십이만 칠천칠
백이십팔 개의 내 털이 오싹해지도록 그가 돌아오는 순간
재빨리 바꿔치기하는 미소란, 내 매끄러운 허리도 저보다
유연하지는 못하지 안 그런 척 입을 씻고 돌아가며 화장실
을 가고 너덜너덜한 귀를 1/N씩 나눠 갖더군
—「아는 사람」 부분

우리는 궁금해진다. 아는 사람이 그렇다면 모르는 사람은 어떨까. 모르는 사람과 우리 사이에는 아무것도 없지 않을까. 그렇질 않다. 우리는 모르는 사람과도 관계를 맺고 있다. 시인은 그 관계를 다음과 같이 알려 준다.

서정과 서사가 끼어들지 않아서 깔끔하지
서로 표정을 갈아 끼우지 않아도
평생을 함께하지 반복해서 노력하지 않아도
서로 가까이 다가가지 않을 권리를 위하여
버스를 타고 지하철을 타고 비행기를 타고 내릴 때

서로 헐렁헐렁한 고무줄 바지가 되지

어떤 좌석에 앉아서 굵고 짧은 잠에 빠져들 때

입을 벌리고 자도 보자마자 잊히니까

평화롭지 정면이나 측면이나 측백나무처럼

한결같지 동일하게 지루해도 숨통이 트이지

—「모르는 사람」 부분

모르는 사람과는 정을 나눌 일도, 이야기를 나눌 일도 없다. 모든 일은 관계를 맺고 아는 사람이 되어 이야기를 나누면서 시작된다. 모르는 사람과는 그런 관계가 없다. 그래서 모르는 사람과는 관계가 깔끔하다. 모르는 사람과는 "몇 번을 앉았다 일어나도 뒤끝이 없"다. 세상의 모든 모르는 사람들이 뒤끝 없는 관계로 나를 스쳐 간다. 시의 세상에선 세상의 모든 모르는 사람들에게 감사하게 된다.

시는 때로 슬픈 죽음을 구해 내기도 한다. 시인이 전하는 그 죽음은 이렇다.

시한부 삶을 선고받은 한 소녀가 죽기 하루 전 하얀 시트 위에 초경을 쏟아 내고 죽었다

—「극」 부분

시한부 삶을 살다가 초경을 하고 죽었다고 했으니 대개

사람들의 반응은 슬픔으로 귀결될 것이다. 일반적인 인식 속에서 그 삶은 꽃도 피우지 못하고 스러진 삶이 된다. 하지만 김나영에겐 그렇질 않다. 시인에게 그 삶은 "남미 안데스산맥에 서식하는 칼렌드리라 꽃씨"에 비유된다. 시는 그 꽃씨가 "10년 동안 말라비틀어진 채 사막의 모래 속에 묻혀 있다가도 비가 한번 내리면 일제히 피어나 사막을 온통 붉은 꽃으로 뒤덮는다"고 알려 준다. 또 그 삶은 "셀레니세레우스 선인장의 꽃"에 비유된다. 시인은 그 꽃이 "1년 중 단 하룻밤" 피어나서 아침에 지긴 하지만 "진한 바닐라 향을 분출하며 밤새 생식 활동을 한"다고 알려 준다. 우리의 세상에선 어떤 죽음이 꽃도 피우지 못한 삶을 살다 스러지지만 시인의 세상에선 기적처럼 꽃을 피운 삶이 된다.

우리의 인생에선 때로 아주 사소한 일이 삶에 대한 시각을 새롭게 열어 주기도 한다. 시인에게도 그런 일이 있었다. "벽에 걸려 있는 내 사진이 거울 속으로 보"였던 순간이 그런 경우이다. 그것은 분명 자신이었지만 자신을 바라보고 있는 자신이 이미 많은 시간을 흘러온 자신이란 측면에서 시인은 "흘러가는 시간 속에 나는 정착하지 못하고 표류한다"고 말한다. 사진은 그런 측면에서 나의 한순간을 잡아 놓겠다는 욕망의 결과물이다.

사진을 찍는 것은 표류하는 나에게

닻 하나 내리는 일

미끄러지는 나의 초상을 꼭 붙들어 보겠다는 말

—「차연에게」 부분

이러한 사고는 인생의 다른 부분에서 영향을 미친다. "우리가 사랑하는 일도 그렇다"고 시인이 말하고 있기 때문이다. 시인은 "네가 내 안에 들어와 하나가 되었을 때도/ 우리는 미끄러지고 있었을 뿐/ 우리가 하나 된 적 있었을까"를 묻는다. 사랑의 행위는 우리의 생각과 달리 하나 되는 순간이 아니다. 그 순간의 사랑은 "점액질로 미끄덩거리는 미꾸라지"일 뿐이다. 그런데도 우리는 왜 하나라고 생각했던 것일까. 그것을 시인은 언어의 착각으로 생각한다. "우리는 우리라는 말의 굴레에 잠깐 머물러 있었을 뿐/ 사랑이라는 말의 감촉에 깜박 속고 있었을 뿐"이라는 것이다. 우리는 말 속에 머물 뿐이다.

사람들은 시인에게 반문할지도 모른다. 그러면 세상에 사랑은 없다는 말인가라고. 왜 사랑이 없겠는가. 다만 시인은 집착이 된 사랑을 사랑이라고 할 수 있겠느냐고 반문하고 있는 것으로 보인다. 시의 세상에선 그런 반문이 아주 사소한 것에서 시작된다.

여자의 경험이 투사된 시도 있다. 하지라는 절기를 통해 우리는 그 경험의 하나를 만난다. 이때부터 더위가 시작된다고 알려져 있다. 말하자면 하지 때부터 계절이 뜨거워지기 시작한다. 하지만 김나영에서 그 뜨거움은 몸의 뜨거움으로 전이되고 있다. 다시 말해 하지의 뜨거움은 관능적 뜨거움이다. 하지라는 절기가 몸이 관능을 사는 시기가 된다.

비릿한 밤꽃 냄새가 나를 덮쳤다

능소화 진홍빛 입술이 담장을 넘었다

화단의 으아리꽃들이 쩍쩍 벌어졌다

후텁지근한 흙내가 목덜미를 휘감고 올라왔다

벌과 나비의 날갯짓에 허공이 빨갛게 부풀었다

여자의 치맛단 쓸리는 소리를 들으며 고추가 여물었다

—「하지」부분

시가 전하는 하지의 이미지는 관능적이다. 관능의 이미지는 위험한 측면이 있다. 그것을 남자가 말하면 여성에게 덧입히는 억압이 될 수 있기 때문이다. 그러나 여자가 말하면 달라진다. 그것은 관능의 즐거움에 대한 능동적 수용이 될 수 있다. 나는 관능이 김나영에게선 능동적으로 수용되고 있다고 보았다.

화장에서도 여자의 경험을 엿볼 수 있다. 시인은 "종로3

가역 공중화장실 거울 앞"에서 "한껏 차려입은 노파"를 만
난다. 노파는 "내가 올해 여든다섯이"라며 스스로의 나이를
밝힌다. 그 노파가 화장을 한다. 시인은 노파의 화장을 이
렇게 말한다.

노파는 분첩을 열어 여자를 불러낸다 검은 머리끄덩이
를 사정없이 끌어당긴다 주름 사이에서 볼그레한 화색을
꿍꿍 길어 올린다

—「모란」 부분

화장은 이중적이다. 여자에게 여자다움을 강요하는 억압
일 수 있기 때문이다. 하지만 한편으로 화장은 여자의 즐거
움일 수 있다. 김나영에게선 그것이 여자를 불러내는 행위
이며, 그 행위가 즐거움일 때가 있다는 것을 보여 준다. 시
가 알려 준다. 억압의 시대가 가고 여자가 여자를 즐겁게 향
유하는 시대가 왔다는 것을.

4

나는 김나영의 시가 언어를 부화하여 새로운 세상을 열
고 있다고 했다. 세상이 언어를 통하여 다시 열리는 것이
기 때문에 그 과정에서 가장 중요한 역할을 하는 것은 언어

이다. 시인은 그 언어의 위력을 자신의 생활 속에서도 활용하고 있다. 가령 "산을 오르다가 길을 잃어버리는 꿈"이나 "여행 가방을 잃어버리는 꿈을 연거푸" 꾸고 "조금 우울해졌을" 때 시인은 "나는 아무렇지가 않다 나는 아무렇지가 않다"고 스스로 주문을 외운다. 주문은 꿈이 몰고 온 우울과 공포를 몰아내 준다. 언어는 위력적이다.

> 내 우울을 잡아먹고 공포를 잡아먹고 나는 곧 아무렇지
> 가 않아진다 나는 밥도 잘 먹고 잠도 잘 자고 하루하루가 아
> 무렇지가 않아진다 꿈은 꿈이야 꿈쯤이야 이를 꽉 물면 너
> 끈하게 잊어버릴 수 있다 나는 아무렇지가 않다 정말로 나
> 는 아무렇지가 않다 나를 통째로 집어삼켜 버릴 것만 같은
> 나는 아무렇지가 않다 나는 아무렇지가 않다
> —「나는 아무렇지가 않다, 를 위한 시퀀스」 부분

그렇다고 시인이 문학을 맹신하는 것은 아니다. 시인은 언어를 부화시켜 새로운 세상을 열면서도 동시에 문학의 한계에 대해 선을 그어 놓고 있다. 문학은 배고픈 자의 허기를 채워 주지 않는다. 그런 면에서 문학은 무기력하다. 하지만 인간은 묘한 존재이다. 어떤 기름진 것으로 배를 채워도 채워지지 않는 허기를 갖기 때문이다. 인간에겐 먹을 것으로 채워지지 않는 허기가 있다.

그 어떤 기름진 소출所出을 먹어도

채워지지 않는 허기가 남으니까

—「문학」부분

김나영에게 문학의 자리는 그 허기가 남는 곳에서 비로
소 보장된다. 구체적으로 그에게 있어선 시가 그 역할을 할
것이다. 시의 언어로 새로운 세상을 여는 일이기도 하다.
나는 그 세상에 대한 동력을 시에 대한 시인의 열정 같은 것
으로 생각했다. 그러나 시인의 전언은 내 생각과는 달랐다.
시인은 이렇게 말한다.

내가 제일 잘하는 일은 아무것도 안 해도 되는, 그냥 가
만히 방에 숨죽이고 있는 일 그러면 나를 둘러싸고 있던 철
삿줄 같은 개념이 연기처럼 실실 빠져나가지 개념을 연기演
技하지 않아도 돼 그냥 즐기면 돼

—「환한 방」부분

나는 이를 시인이 새로운 세상을 열 때의 태도로 받아들
였다. 뜻밖에도 시인은 아무것도 하지 않을 때 새로운 세
상이 열린다고 말하고 있다. 무엇인가에 구속되지 않을 때
일 것이다. 내게는 그것이 시인이 언어를 품고 부화를 기다
릴 때 시인이 갖고 있는 비밀 같은 것이리라 생각했다. 나
도 깊은 내막은 알 수가 없다. 어쨌거나 세상을 새롭게 여

는 일은 시인이 해야 할 일이다. 시를 읽을 때, 우리들이 새로운 세상의 향유를 위하여 해야 할 일은 아주 간단하다. 그냥 시인의 방에 놀러 가면 된다. 물론 시가 시인의 방일 것이다. 시인이 말한다.

나는 이 방이 좋아 내 방에 놀러 올래?

—「환한 방」 부분

시인의 시집을 펼치고 시를 읽는 것으로 누구나 그 방에 놀러 갈 수 있다.